Pâtisserie Kofukudo

幸福堂書店

MENU

幸福堂書店

Pâtisserie Kofukudo

パティスリー
幸福堂書店
はじめました

一章　ふたつがひとつ

「今すぐここから退去しろ！」

　男二人に挟まれ、小さく震えているのは一人の華奢な女性だ。男の一人はプロレスラーと言ってもおかしくない体躯に、ベージュ色の作業服をまとっている。もう一人は細い体にフィットした、テーラーメイドであろう光沢のあるスーツを着込んでいる。手に握られているのは、なにかの書類だろうか。

「でも……でも……」

　エプロン姿の女性が涙を浮かべながら、必死に言葉を紡ごうとしている。

「でももへったくれもないんだよ。何度も言ったはずだよね？　ここはもうウチのものだって。『すぐになんとかします』って言ったの、覚えてる？　そのたびに裏切られてんだよ、こっちは。そりゃ、堪忍袋の緒も切れるってもんだ」

「ここは私のお店なんです！　あとちょっと……あとちょっとで、うまくいくはずなんです。だから――」

　すがるようにスーツ姿の男の腕をつかむ女性。しかし男はその手をゴミを扱うかの如く払いのけると、手にした書類をピラピラと見せつける。

「分かる？　抵当権の意味。あんたの店は借金が返せなかったから、こうやってわが社のものになったの。だから今はあんたが不法占拠してる状態なの」

それでも女性は動こうとしない。いや、動けなかったのかもしれない。歯をきつく噛み締めながら床へと視線を落としている。擦れて光沢を失ったフローリングの床に、丸い染みがいくつも重なっていく。

「こっちの都合ってのもあるんだよ、お嬢さん。今日も工事が進捗しませんでしたってなったら、どやされるの俺なんだよ？　な、俺の気持ちも分かるだろ？」

先ほどよりも優しい声で、しかし絶対に今日は引かないという意思を込めて男はそう言った。

「それでも——」

「もう話すことはない。放り出せ」

これ以上の言い逃れは無用とばかりに、女性の言葉を遮るように作業服姿の男へ指示を出す。

「キャッ、触らないで！」

腕をつかまれ激しく抵抗する女性。しかし、体格差は絶望的だ。なんとかしようとジタバタもがくものの、はた目には象とウサギがじゃれ合っているようにしか見えない。

その時だった。女性の体が棚にぶつかったことで、売り物の皿が床に落ちて大きな音を立てる。

「あ、このアマ！」

男がひるんだ隙に女性は男の拘束から逃れ、店の奥へと逃げることに成功した。その様子を静かに見ていたスーツ姿の男は、はぁとため息をつきながら首を左右に振る。

「話にならんね。これだけはやりたくなかったけど……強硬手段に出る」

そう言葉を残して男たちが立ち去った直後。

轟音(ごうおん)を唸らせながら黄色い重機が迫って来た。見た目はショベルカーのようだが、長いアームの先端には巨大なハサミが付いている。キャタピラが駐車場のアスファルトを踏みしめるたび、その姿が大きくなってくる。

キャタピラの動きがピタリと止まると、黄色いアームを振りかぶる。太陽の光を反射し鈍く光ったハサミが大きく開き、女性の店を解体すべく振り下ろされる——

ピンポーン。

来客を知らせる間の抜けた電子音が耳に届いたことで、本田安子(ほんだやすこ)は現実へと引き戻された。読んでいた小説にしおりを挟みパタンと閉じると、店内へ視線を向ける。

目の前にある現実。それは、先ほどの物語ほどではないにしても酷いものだった。シミのある壁、もとは白かったはずの黒ずんだ床。節約のため暗くなっている照明、そして売れずに不良在庫と化した雑貨類――もうパッケージがくすんでいるものすらある。

　メイン商品となる本が並んだ木製の棚も年季が入っているが、そこに並ぶ本たちがきれいなのが唯一の救いだ。とはいえ、店舗奥にはどこの古書店だと言わんばかりに、背表紙が焼けた本が並ぶ一角がある。

　そこに並んでいるのは、いわゆる文学の名作や歴史上の偉人伝だ。これは父から本屋である以上、文化の担い手として絶対に在庫しておけと言われていたものだ。

　でも残念ながら個人で営んでいるような小さな書店で、こういった作品を捌（さば）くことは難しかった。きっと客も、それらがあることを期待していないのだろう。売れるのは雑誌やコミック、それに映像化された小説ばかり。だから今では完全に飾りになっている。

　そんな店だからだろう。今しがた入って来た客はここで得られるものはないと悟ったのか、なにも買わずにすぐに帰ってしまった。

　これ幸いとばかりに、安子は再び小説の世界へ戻る。この小説は倉綿比奈（くらわたひな）という新進気鋭の作家が著（あらわ）したもので、このひなびた書店にも少なくない売上をもたらしてくれている。安子が読むのはもう三回目だ。シリーズは三巻まで出ているのだが、特に一巻はストーリーが安子の境遇と似ており、ついつい何度も手に取ってしまっていた。

　安子が経営している幸福堂（こうふくどう）書店はいわゆる『街の本屋さん』で、今年で創業五十年。祖父の代から続く歴史のある店だ。関わる人すべてが幸福になるようにという想いから、店名が決まったらしい。

面積こそ五十坪程度と今時にしてはかなり小ぶりな書店だが、駅に続く商店街の中でも一等地と言ってもよい場所に店を構えている。東京まで新幹線で二時間弱の、人口二百万を擁する政令指定都市へは電車で一駅。中心部へも十数分で行けるという便の良さから、マンションが雨後の筍（たけのこ）のように建てられている。だから店周辺の人口も絶賛上昇中だ。

それにもかかわらず経営は赤字続き。

この駅には快速も止まるし、店の前に人通りがない訳でもない。それに地元の小中学校の教科書を一手に引き受けているから、毎年定期的にまとまった売上も入る。それでも赤字なのだ。

原因はいくらでも考えられる。少ない品揃えに、掃除ではどうにもならないほどの古びた店舗が最たる原因だろう。しかし、品揃えをなんとかするには引っ越すしかないし、小汚い店舗をなんとかするにはリフォームするしかない。でも、それにはまとまったお金が必要だ。残念ながら、安子にはそれだけの資金力はない。

そして悩ましいのは、お金をかけたからといって経営が盛り返す保証など、どこにもないことだ。

今は出版不況の真っただ中。スマホに時間を取られて活字を読まなくなったから。娯楽にお金を回す余裕がなくなったから。粗製濫造で読者が離れていったから。様々な理由が叫ばれている。しかし残念ながら、どれも安子一人の努力だけでは、どうしようもないことばかりだった。

そう。本が売れないのは、出版業界全体の問題なのだ。それでも安子は、絶対にこの店をつぶす訳にはいかなかった。

安子は本が――そしてなにより、この店が大好きだから。


「ほん、だいっきらい！」

「なに言ってるの？　ちゃんと読めるようにならなきゃ。小学生になったら漢字もいっぱい覚えないといけないのよ」

「いやいやいやいや、いや！」

小さな頃の安子は、本が大嫌いな子だった。ひらがなにカタカナ、そして数字。本といえば、苦手な勉強を強いてくる悪魔のような存在。それが安子の本にまつわる最古の記憶だった。

両親は二人で書店を切り盛りしていた。そのせいで大好きな両親の時間を奪われていると思い込んでいたのも、嫌いになった理由の一つかもしれない。

そんな本嫌いの安子に変化が訪れたのは、小学生になりルビ付きの物語が読めるようになってからだ。たまたま店の商品として置かれていた本の表紙に一目惚れし、ペラペラとページをめくったことが人生を変えることになった。

憑りつかれるように夢中になったのは、誰もが知っているおとぎ話だった。優しくも強い王子。美しいドレスを身にまとったプリンセス。そして舞台となるきらびやかな城。

文字をたどれば頭の中で絵が動き出し、キャラクターが楽しそうに声を発していた。薄気味悪い婆が登場すれば怖くなったし、王子が悪い敵をやっつければ、興奮した。まさか本の向こうに、こんな世界が広がっているなんて思いもしなかった。

その日を境に、昨日までの本嫌いが嘘のように本好きへと変身した。その変わりように両親は驚きつつも喜んで、たくさん本をプレゼントしてくれたことを覚えている。

中学生になり、安子の本好きに拍車がかかる。本に紡がれた物語が好きなのはもちろんのこと、「モノ」としての本そのものも好きになっていた。

表紙や帯など、それぞれ違う装丁。装丁はその本の顔と言ってもよく、唯一無二のものだ。並べて鑑賞するだけでも幸せな気分になれる。中を開けば、広がる紙とインクのにおいに、レーベルによって違うフォント。それに手触り。本を構成する要素すべてが安子を魅了した。

両親が引退したらこの店を継ぎ、三代目として切り盛りするんだ。安子は当たり前のようにそう思い始めた。

だから、二年前のある日。父から「廃業する」と聞かされた時は、耳を疑った。

「お父さん、それ、本気？」

「本気だ。母さんとも相談したんだけど、手遅れになる前にやめた方がいいって結論に至ったんだ」

「そんな……」

十年以上かけて描いてきた人生のキャンバスが、真っ黒な絵の具で塗りつぶされたような気分だった。

「ここ五年は貯金を食いつぶしていくばかりだったから」

母が神妙そうな面持ちで言った。確かに、安子としても思うところがなかった訳ではない。大学を卒業してから二年間。平日は会社員として外で働いていたが、土曜日はずっと店を手伝っていた。だから売上の変化は確実に感じていた。

でも、廃業を決意するほどだったとは……。

安子の脳裏に今までの楽しかった思い出が駆け巡る。どれもかけがえのない思い出ばかりだ。この店には安子のすべてが詰まっていると言っても過言ではない。

失いたくない。

絶対に失いたくない。この店を。

だから安子は――

「私にお店をやらせてよ！」

そう言っていた。

とっさの思い付きだ。でも、いずれは継ぐと決めていたことだ。それがいくらか早まるだけ。小さな頃から手伝いはしてきたし、おおよその切り盛りの仕方は分かっている。

しかし、父の答えは冷たいものだった。

「ダメだ。いばらの道になると分かっているのに、お前を進ませる訳にはいかない」

「それでも私はやりたいの!」

いばらの道になるかどうかなんて、自分の心持ち次第だ。

「もう、小さな書店は生き残れない時代なんだぞ。この十年でどれだけの書店がつぶれたか知ってるか？　四つに一つがなくなってるんだぞ。こんなちっぽけな店が、どうあがいたって大型店やネット書店に敵う訳ないだろ」

車で十数分の場所にあるショッピングモールには、お約束のように大型書店が入っている。もっと近くにも、全国チェーンの書店が何店舗かある。それにネットを検索すれば、マイナーな本だってすぐに見つかり、翌日には宅配してもらえる。それらが強敵だということは百も承知だ。

「それでもやってみたい！　きっとあるはずだよ。小さなお店だからこそできることが」

それからも安子は両親へ、どれほどこの店が自分にとって大切なのか説明する。そのうえで、もともとこの店を継ぐつもりで生きてきたということも伝えた。

「安子……お前がそこまで考えてたんだったら……」

先に折れたのは父だった。

結果、三年で黒字にならなかったら当初の予定通り廃業するという約束をして、安子はみごと店を譲ってもらうことに成功した。

両親は経営に一切口を出さない。そのかわり、経費のやりくりから注文まですべて責任をもって安子が行うことになった。三年経たなくても行き詰まったら、もちろんその時点で終了だ。

「無理せずに頑張るんだよ」

業務の引継ぎが終わると両親は老後の予定を前倒しして、母の田舎である長野へ引っ越して行った。

それからというもの、安子は店を盛り上げようと張り切った。毎月二回、テーマを決めて特設コーナーを作ったり、本の良さを書き記したPOPを作ったりもした。土曜日には、近所の子供たちを集めて読み聞かせをするといったイベントも開催した。

でも、どれも根本的な解決には至らなかった。むしろイベントの経費分、お金が減ってしまうくらいだった。

それなら、なにもしない方がいい。無駄な出費さえ抑えれば、三年間は延命することができるのだから。失敗が続き、安子はそんな考えに陥ってしまった。

しかし、手をかけなければさらに客は離れていく。客がいなければやる気もなくなる。店は負のスパイラルに陥ってしまった。気が付けば一時的に活気を取り戻した店は、あっという間に元の暗い店に戻っていた。

そして二年が経過した。いつしか安子は、工夫することを忘れてしまった。

会社員時代に作った貯金は目減りし続け、節約生活も限界。

今日は二周年の記念日だ。

――安子に残されたのはわずか一年。

「はぁ、今日も売上は一万円に届かず、か。二年前よりひどくなっちゃったな……」

外へ目を向けてみれば、既に歩く人々の影が長く伸びていた。本来ならこれからが仕事帰りの人たちが来店する、書店にとって忙しい時間帯になるはずだ。でも安子の店でそれはあまり期待できない。安子が客の期待に応えていないのだから、当然である。

六月になりジメジメと暑い日が増えてきたが、まだエアコンは我慢している。安子は段ボールのうちわをパタパタと仰ぎながら、ぼうっとする。

「そういえば……」

とうの昔に小説を読み終えていた安子は、レジカウンターから売場に移動すると一冊の雑誌を手に取った。表紙には『書店が店内にカフェを開設！　その戦略とは？』という文字が躍っていた。陳列した時は気にも留めていなかったが、ふと二年前のことを思い出した安子は、もしかしたらヒントがあるかもしれないと読んでみる気になったのだ。

立ち読み客のようにペラペラとページをめくると、安子の表情は固くなる。

「大手チェーン店のカフェを誘致できるのは、大手書店だからだよ」

強者はどんどん強くなり、弱者は淘汰されていく。自然の摂理には逆らえないのだ。

結局安子は、すぐに雑誌を棚へ戻してしまうのだった。


その後も、夕方から誰一人として客が来ることはなかった。もうすぐ閉店時間の午後七時。いそいそと閉店準備に取り掛かった時、来客を告げる電子音が店に響いた。

「珍しい、こんな時間に……」

やって来たのは、短髪でスラっと背の高い一人の男だった。その横顔からはスッと通った美しい鼻筋、切れ長の目が見て取れた。初めて見る顔だ。

それにしても、こんな二枚目がこんなダサい書店に、なにを買いに来てくれたのだろうか。もう閉店時刻だからじっくり探されると困る。安子の腹はもうペコペコなのだ。

そんな安子の期待に応えてくれるがごとく男は足早に店内を一周すると、そのままレジカウンターへやって来た。

安子は正面から男の顔を見上げる。目的の本が見つからなかったからか、その整った顔は渋さを含んでいたが、それでも隠し切れないほんのりとした甘さも感じる。こんな日本人離れした顔、テレビやネット以外では初めて見る。外国人？　それともハーフ？　安子は妄想を膨らませる。

「『甘味歴史大全ヨーロッパ編』って本、置いてないか？」

「ええっと……甘味歴史大全、ですか？」

ついつい見とれていた安子は、慌てて頭を切り替えてそう言葉を返した。

「ああ。確か出版社は四葉社だったと思う」

タイトルからして、専門書だろうと安子は考える。間違いなく、自分の店には置いていないジャンルのものだ。だから安子は、

「当店に扱いはないですね」

そう即答した。本の在庫は雑誌、文庫とコミックで八割を占めている。そんないつ売れるか分からないマイナーな専門書など、置く訳もない。

「なら取り寄せは？」

「できると思いますけど……ちょっと調べてみますね」

パソコンでタイトルを検索すると、三冊の本が出てきた。価格はそれぞれ三千円もする。しかし出版年月は十三年も前。仕入先である取次も在庫を持っていないようだ。絶版になっている可能性が高い。何日間も待たせたあげく、入荷しなかったなどということにもなりかねない。これは面倒くさそうな案件だ。

「あー、古い本なので取り寄せも難しそうですね」

パソコンの画面を見ながらそう答えると、「はぁ」というため息が安子の耳に届いた。顔を上げてみれば、先ほどの表情から甘味が失われ、そこには渋さのみが残っていた。

「本屋なのに、本の取り寄せもできないのか」

そう言葉を残すと、男は安子へ背を向けて大股に歩き始めた。背と比例して足も長いから自動ドアまではあっという間だ。安子はその細長い背を無言で見送る。

そして店の外に出て自動ドアが閉まった直後——

「なに、感じの悪い客。古い本だから難しいって言ったのに。あれじゃせっかくの見た目が台無しじゃん！」

小声でそう憤慨するのだった。


閉店後。安子は夕食を終えると冷蔵庫からデザートを取り出す。今日は店を継いで二周年の記念日だ。だからちょっとだけ贅沢をして、コンビニスイーツを買った。とはいえもともとスイーツ好きの安子だから、なにかと理由をつけてはスイーツは堪能している。極限まで経費を削ったとしても、これと本だけは譲れない領域だ。

今日のスイーツは新作の抹茶パフェ。パクリと一口食べれば、抹茶の風味と小豆（あずき）の甘みが口の中に広がる。最近のコンビニスイーツはなかなか侮れない。安子の手はカップと口の間を絶え間なく往復する。あっという間に幸せな時間は終わってしまった。

そしてお茶を飲むと、急に現実が目の前に戻って来た。

「はぁ。あと一年か……」

両親との約束は、三年以内に店を黒字にするということだ。残された時間はあと一年。実際のところは黒字化するどころか、赤字幅が増えている状況だ。

「あの頃はやる気にあふれてたのになぁ」

当初やっていたイベントは、短期的には経費ばかりかかって利益に結び付かなかった。それでも先行投資という言葉だってある。続けていたら、今ではお客さんが定着して賑やかな店になっていたのかもしれない。それも途中でやめてしまった。

「それに今日も……」

安子の頭に、閉店間際の男性客のことがよぎる。取り寄せできる可能性が残っていたのにもかかわらず、面倒だからという気持ちだけで売上の可能性を逃してしまった。

たかが三千円。それでも文庫本だったら六冊分。今の安子には喉から手が出るくらい欲しかった売上のはず。それに、丁寧に対応していたら固定客になってくれた可能性だってあった。これでは「ウチみたいな小さな店は役に立たないから他でどうぞ」と、みすみす大型店やネット書店に客を送っているようなものだ。「本屋なのに、本の取り寄せもできないのか」と言う男の言葉が、今になって安子の胸に深く突き刺さる。彼のしていた表情は、間違いなく失望だ。

「もしかして、こんなことばっかりしてたから、こうなっちゃったのかなぁ……」

　そう反省したところで時すでに遅し。あの客は二度と来てくれないだろう。

「心を入れ替えなきゃいけないんだけど……」

　幸福堂書店という名前なのに、このままでは関わると不幸になる書店になってしまいそうだ。でも……心を入れ替えたところで、なにをどうすればいいのだろうか。

　モヤモヤした気分のまま、記念すべき日の夜は更けていった。


　翌日。十時の開店時間を過ぎた頃、安子は電話に頭を下げていた。

「そこをなんとか！　お客さんからどうしてもって言われてるんです」

『とおっしゃられても、こちらでも在庫はゼロでして……』

　電話の相手は『甘味歴史大全ヨーロッパ編』の版元である四葉社だ。

　結局昨夜遅くまで、安子は店のことを考えていた。このまま期限の三年を迎えていいのか。自分にとって大切な場所ではなかったのか。それなのになにも行動をしなくて、将来後悔しないのか……。

　答えは、自ずと出ていた。

　期限はもう残り一年しかないと思っていたが、考えを変えればまだ一年もあると捉えることもできる。だから今できることをやってみよう。そう決めた。幸福堂書店は本屋だ。本屋なんだから揃えられない本なんてないはず。心を入れ替えると決めた安子は、手始めに昨日の本をなんとしてでも仕入れることにしたのだ。

「どうっしても！　どうしても必要なんです！」

少しの間の後、とうとう相手が折れてくれた。

『……分かりました。いちど調べてまた折り返します』

安子の想いが通じたのか、はたまた勢いに押されただけなのかは分からない。それがどうであれ、これで一歩前へ進めることは間違いない。

「よろしくお願いします！」

安子は再び頭を下げると、電話を切る。

四葉社から折り返しの電話があったのは、夕方になってからだった。

『市場在庫を回すことができます！』

「え、ほんとですか⁉　そこまでしていただいて、ありがとうございます！」

市場在庫というのは、書店の店頭に並んでいる在庫のことだ。どこから取り寄せてくれたのかは分からないが、四葉社はわざわざ安子のためにそこまでしてくれたのだった。

結局本は、あの客が来てから一週間ほど経過してから店に届いた。とはいえ安子がしたことといえば、電話を一本かけただけである。

「こんな簡単に届くんだったら、ほんと、ちゃんと対応するんだった」

客の連絡先はもちろん聞いていない。そもそも初めて見る顔だった。あんな対応だったから、きっともう来店してくれることはないだろう。今頃他の店で取り寄せているに違いない。

とはいえ、少しの努力で書店としての責務を果たすことができると証明できた。次からこういった注文があった場合、書店員のプライドにかけて、とことん客に付き合おう。そう決めた安子だった。

「さて、どうしよ。この本……」

目の前に並んだ分厚い本を眺めながら、安子はそう言葉を漏らした。タイトルに『ヨーロッパ編』とついているくらいだから、当然のごとくシリーズになっていた。それらすべてを取り寄せたのだ。

専門書が三冊。しめて売価で九千円プラス消費税。購入者がいないのだから店頭に並べるしかない。とはいえ、こんな専門的な本がこの店で売れるとは到底思えない。無理して取り寄せてもらったのだから返品だってしたくない。

「よし。面白そうだから自分用にしちゃお」

そう決めるのに時間はかからなかった。本当はいけないことだが、個人で経営している書店のため、在庫と自分用という境界線がかなり曖昧だったりする。

安子は早速ページをめくり始める。

その本は、古代ローマ時代から現代に至るまでのスイーツの歴史と、レシピなどが事細かに載っていた。辞書というよりは時代背景なども織り交ぜられた読み物という体裁だ。

スイーツの世界は意外に面白く、安子はしばしその世界に浸ることになる。

「大口注文うーれしーいなー」

しばらく経ったある日。安子は段ボール箱を台車に乗せながら、鼻歌交じりに道を歩いていた。その足取りはとても軽い。

なぜなら地元のとある企業から、専門書をまとめて二十冊以上も注文してもらえたからだ。その額、実に八万円と少々。普段の一週間分の売上だ。

もちろん、そのすべてが店にあった訳ではない。それでも先日の反省を生かした結果、企業の担当者さんもちゃんと理解してくれ、取り寄せが揃うのを待ってくれたのだ。ただ、どうしても二冊だけ時間がかかりそうだったため、先に揃ったものだけを配達することになった。

今日がその納品日。同じ駅のエリアだけれど、普段安子は行くことのない方角へ向かっている。

「ありがとうございました！」

引き渡しはつつがなく済んだ。売上を入れたバッグを気にしながら、来た道と同じ人気のない用水路沿いの道を歩く。ここでひったくりにでも遭ったら泣くに泣けない。足の動きは、否が応でも早くなる。

そんな折だった。

「あれ？」

ふいに、この場所には似つかわしくない、料理人が着るような白い服を着た男が視界に入った。その男は、迷うことなく建物の一階へと入って行く。

こんな人気のない場所に店でもあるのだろうか。気になった安子は、店の前まで行くと、年代物であろう三階建ての建物を観察する。

どうやらなにかの店で間違いないようだ。重たそうな片開きのドアを囲うように、レンガがアーチを作っている。ネオンサインが似合いそうな場末のスナックといった店構えだ。掲げられた店名のプレートをよく見てみれば、そこにはパティスリーという文字が見て取れた。こんな場所にパティスリーが？　気になる。すごく気になる。今すぐ入ってみたい。でも……極めて入りづらい。

安子の知っているパティスリーのイメージといえば、ガラス越しに明るい店内が見て取れるものだ。そうでなかったとしても、メニューなどが外から確認できるよう工夫されていたはず。この店には、そんな設えが一切なかった。

怪しい。でも気になる……。

「女は度胸……よしっ！」

安子の心の中で、好奇心が恐怖を打ち負かした。勢いに任せて安子はドアを手前に引く。

「いらっしゃいませ！」

安子を迎えたのは、拍子抜けするほど明るい男の声だった。声の主へと目を向けてみれば、安子の心臓はドキッと跳ね上がる。

学生のアルバイトさんだろうか。ぱっちりとした目に、こげ茶色の男性にしては長めの髪。そしてヒマワリのような笑顔。滅多にお目にかかれないほどの爽やかな男がそこにいた。安子の目は、しばしその男にくぎ付けになる。

「当店は初めて……ですよね？」

「あ、はいっ！」

慌てて安子は店員からショーケースに視線を移す。小ぶりのショーケースには、まばらにケーキが置かれていた。数えてみれば種類は六つ。それぞれが二個から五個くらい並んでいる。品揃えは少なくとも、やはりここはパティスリーで間違いなかった。

「こんな場所にケーキ屋さんがあるなんて、初めて知りました」

「あはは、よく言われます。それ」

「私、地元の人間なんですけど、いつからやってるんですか？」

「えっと、ここ一年くらい……かな？」

そう言いながら店員は小首をかしげる。またその仕草が憎らしいほど似合っている。ついついその顔をじっと観察してしまう。

「……？」

どうやら観察しすぎてしまったようだ。顔が熱くなるのを感じた安子は慌てて視線をショーケースへ戻す。

「おいしそ……」

ケースの中に並ぶケーキは、見た目も鮮やかな高級感の漂うものばかりだった。ホテルのケーキと言って出されたら、間違いなく信じてしまうレベルだ。

価格は五百円から八百円。普段だったら買うのをためらうほどの金額だったが、先ほどの売上金があるため安子の懐は温かい。こんな日は、たまの贅沢もいいだろう。そう判断した安子は悩みぬいた結果、二つのケーキを選び、購入する。

「ありがとうございます！」

笑顔の店員からケーキが入った箱を受け取った時、店の奥から背の高い別の男が出てきた。手にしたトレイには今、完成したばかりであろうケーキが載せられていた。それは安子の好きなフルーツタルトだった。赤、オレンジ、黄色に緑。透明なコーティングを施された色とりどりのフルーツが、照明の光を受け宝石のようにキラキラと輝いていた。

しまった。もう少し待っていれば間違いなくあっちを買っていたのに。でも今更交換を頼むのは申し訳ない。また買いに来ればいいのだ。自分にそう言い聞かせ名残惜しそうにフルーツタルトから視線を外すと、安子は思わず固まる。それはケーキを手にしている男の顔に、見覚えがあったからだ。

「……ああ、つぶれそうな本屋のバイトか」

先に口を開いたのは向こうだった。

「つぶれそうな本屋でどうもすみませんね。それに私、バイトじゃなくてオーナーですから。オーナー」

思いがけない出迎えに、つい反射的に安子も口で反撃をしてしまった。

「なるほど。あんたがオーナーならあの店のショボさも納得だ」

「あなたの店だって、似たようなものなんじゃないですか」

安子はスナックの名残であろうボックス席に視線をやると、再び男へ視線を戻す。とてもではないが、この店構えで繁盛店には見えなかった。

男の眉間にはみるみるしわが寄っていく。

「出来合いのものしか売ってないのに、俺の店と一緒にしないで欲しいね」

安子は露骨に顔をしかめる。確かに安子は、商品である本を自分で書いている訳ではない。それでも書店員という仕事は毎日大量に発行される新刊の中から、時には埋もれてしまいそうな既刊の中から本の内容を知り、売場を編集している。ものを生み出すのとは違う大変さが、そこにはあるのだ。

「まあまあ、お互いお客さん同士みたいなんだから落ち着いて、ね」

茶髪の男がそう言ったことで、安子は喉まで出かかっていた次の言葉をぐっと飲み込む。それでもイライラは収まらない。なんでこんな奴がいる店でケーキを買ってしまったんだ。こんな店、二度と来るものか。

「二人とも、なにかあったのかな？」

再び茶髪の男がそう言ったことで、安子は取り寄せた本のことを思い出す。『甘味歴史大全ヨーロッパ編』。パティスリーで働いているのだから、きっとここで仕事をするうえで必要となったのだろう。

そんな本を探しに来てくれたのに、あの時はまともに対応することができなかった。彼にこんな態度をとられたのも、元をたどれば自分の責任だ。そう考えると安子の心は次第に落ち着いてきた。

安子は書店員なのだ。もし彼がまだ本を手にしてなかったとしたら、教えてあげるべき

だ。だから安子は、

「そういえば『甘味歴史大全』面白かったです」

と言った。

その瞬間、男の表情が驚きを含んだものに変わる。

「なんであんたが読んでるんだ？」

「あなたがお探しの本、あれから仕入れたんです。でも、お名前も聞いてなかったし売れる当てもなかったから、自分で楽しんだだけです」

「それ、まだ店にあるのか？」

「はい……とはいっても私が読んじゃったものしかないですけど……」

「それでもいい。今すぐ買いに行く！」

「えっ⁉ あ、はい！」

「行ってらっしゃい」と手を振る茶髪の男に見送られ、二人は飛び出すように店から外へ出た。

安子は購入したケーキと売上金の詰まったバッグを手に。はやる気持ちを抑えられない男は、安子が持っていた台車をわきに抱えながら安子の前を歩く。背が高く一歩一歩が大きいため、すぐに安子と距離ができてしまう。三歩先まで離れてしまった男が立ち止まると、安子の横へ並ぶ。そんなことを何回も繰り返す。

「なんであんたはそんな面倒くさい、しかも売れるか分からないような本を取り寄せたんだ？」

名前を聞けば、洋野創と名乗った男は、安子へそう質問した。

「面白そうでしたから。それに……」

ここまで口に出して、安子は続きを言うべきか迷う。

「それに？」

「……本屋なのに、本で役に立てなかったのが悔しかったから」

厳密にはただの職務怠慢だった。しかし、そんな状況に陥ってしまったことを悔しく思ったのは間違いではない。

「そうか……」

創はそう、ぼそりと呟いた。それから、二人は店に着くまで言葉を交わすことはなかった。

店に到着すると、安子は買ったケーキを傍らに置き、早速お目当ての本をレジカウンターへ出す。

「どうぞ」

「おぉ……」

創は本を手に取ると、それを感慨深そうに眺める。目じりは下がり、今にも頬ずりしそうな勢いだ。まるで長期間離れていた恋人が再会したみたいだ。そしてまだ手を付けていなかった残りの二冊も、カウンターの上へ並べる。

「これは⁉」

今度は創の目が大きく見開かれる。

「シリーズものでしたので、他の二冊も揃えておきました。いかがですか？」

「まじかよ……」

創は財布を確認すると、深いため息をついた。

「今は一冊だけにする」

どうやら持ち合わせが足りなかったようだ。

「残りは取り置きしておきましょうか？」

「もちろんだ！」

「承知しました。お買い上げ、ありがとうございます」

代金を受け取ると、安子は紙袋に入れた本を創へ手渡す。

「絶対、絶対に誰にも売るなよ！」

創はそんな言葉を残しながら店を出るのだった。姿が見えなくなると、安子はいつも座っている椅子に腰を下ろす。

「ふー。ちょっと疲れちゃったな……」

二十数冊の配達にパティスリーの発見。そして創とのやりとり。一ヶ月分のイベントが半日の間に訪れたようなものだ。

なんだかんだあったが、取り寄せた本の一冊は、無事、必要としている創の元へ旅立ってくれた。残りの二冊もこれなら大丈夫そうだ。

ぶっきらぼうな態度は最後まで気に食わなかったが、創には感謝しないといけないのかもしれない。あの日、来店してくれたおかげで、安子は忘れかけていた気持ちを思い起こすこともできたし、今日配達した二十数冊の注文にも繋がったのだから。

「さて、そんなあなたの作ったケーキは、どんな味がするのでしょう」

安子は店の裏へ行くと、ケーキを食べる用意をする。

「いただきます」

ワンポイントに金箔があしらわれた、光沢のある黒いケーキを小さく切る。それを口に運んでみれば、チョコの甘みを感じた直後、ナッツとバターの織り成す濃厚な香りが口に広がる。それにうっすらと感じるのはコーヒーの香りだろうか。それらが一瞬で溶けてなくなるのではなく、様々な余韻を残しつつ少しずつ溶けていった。美味しい。美味しすぎる。イライラや疲れなんて一瞬で吹き飛ぶほどだ。安子は一人で身悶えする。

「あの男がこんな繊細な味を作れるなんてね……」

そこで安子は創の姿を思い起こす。黒い髪を短く切り揃えた頭に、切れ長の目。出会った時も、今日もしかめっ面ばかりしていたが、やはり異常なほど整った顔をしている。レジにいた茶髪の男もしかり。この二人目当ての女性客がいてもおかしくないほどだ。

それでいてこれだけの味の店ならば、実は自分が気付かなかっただけで有名店なのかもしれない。しかし、レシートに載っていたパティスリーの名前『シェ・ヒロノ』で検索してみても、情報は一切見つからなかった。

「ま、おいしかったんだから、小さなことは気にせず通えばいっか」

買ったケーキは二つ。もちろん両方とも自分用だ。安子はしばし幸せな時間を堪能するのだった。

「あ、安子さん。いらっしゃい」
シェ・ヒロノの茶髪の店員――和倉日向（わくらひなた）は、ケーキを買いに来た安子をそう迎えた。あれから安子は週に一度、書店が休みの日曜日になるたびにここを訪れている。
この店では、先日安子から本を買った創が一人でケーキを作っており、それ以外の仕事を日向が担当していた。
安子は何度も店に通うことで、日向から様々な情報を引き出していた。気になっていた二人の年齢は、創が安子と同じ二十七歳で、日向は三歳若い二十四歳。日向の年齢は、安子の想像よりも少しだけ上だった。

　そして経営については予想通り、僅かなリピーターはいるものの、知る人ぞ知る店になりすぎてひどい状況だという。あつかましくも売上を聞いてみると、絶好調な日でも一日二万円という衝撃的な答えが返ってきた。品揃えが少なかったからある程度は予想はしていたものの、実情は安子の店以上に厳しそうだった。

「そんな売上で二人とも生活していけるの？」

　そう聞いてみれば日向は苦笑しつつも、

「大丈夫だよ。創さんと一緒に暮らしてるからなんとかね」

　と答えてくれた。

　店も、ずっと空きテナントだった物件を、知り合いから安価で貸してもらっているそうだ。見た目通りもともとはスナックだったようで、ドリンクが並んでいたであろう棚や、ワイン色の椅子が向かい合ったボックス席など、今でもその名残を残している。

「創さんは今日もずっと開発してるの？」

「うん。スイッチが入っちゃったみたいだね。こうなると創さん、止まらないから」

「そっか。それじゃあこれなんだけど……」

　そう言うと安子は手にしていた紙袋を日向へ渡す。幸福堂書店と文字が印刷された袋だ。

「創さんから取り置きを頼まれた本が入ってるの。お代は出世払いでいいから、役立ててくれればと思ってね」

「そうなの？　ありがと！　きっと喜ぶと思うよ」

いずれ創の手に渡るものなのだから、早く渡しても問題ないだろう。もしかしたら代金を回収しそびれることになる可能性はある。でも、これがきっかけで創の新作にいち早く出合えることになれば、それもまた安子にとって嬉しいことだ。最悪、どうしても払えなければ売れ残りのケーキでの現物払いでもいい。

今日もケーキを二個購入すると「また来てね」と手を振る日向に手を振り返し、安子は自宅へと帰る。

「それにしてもこんなに美味しいのになぁ」

店の二階にある自宅に帰ると、安子はケーキを食べながらシェ・ヒロノのことを考える。経営は自分の店のように火の車。でも、商品力は間違いない。もしかして、この味で幸福堂書店のような立地ならば、もっと多くの人に受け入れてもらうことができるのではないだろうか。

「あ、そういえば！」

安子は突然声を上げるとバタバタと店に降り、雑誌売り場をあさり始める。目当ての雑誌は、他の雑誌の裏に隠れるように一冊だけ残っていた。色々な人たちの手に取られヨレヨレになった表紙には『書店が店内にカフェを開設！　その戦略とは？』という文字が躍っている。

「そうそう、これ！」

安子が閃いたこと。それは、カフェ併設の書店が成り立つのだったら、パティスリー併設書店も成り立つのではないかということだ。おいしいスイーツが集客エンジンとなり、結果として来店客も増えて本も売れれば儲けものだ。

「これって可能性……あるのかな？」

本心を言えば、純粋な書店で勝負したかった。しかし、今までどんなことをしてもダメだった。だからこそ、ついこの間まで安子は腐っていたのだ。

正攻法では大型店に勝つことなんてできない。だからこそ誰もやらなかったような、そして小さい店だからこそできる方法をとる必要がある。創と日向との出会いはまたとない機会かもしれない。安子の心の中で妄想が爆発的に広がっていく。

「――――でもなぁ」

ここで別の冷静な自分が水を差す。一人で盛り上がってはみたものの、そもそも自分勝手な望みだから、二人が了承してくれる保証などない。しかも集客をパティスリーに頼るだなんて他力本願もいいとこだ。それに改装費用だって持ってはいない。

実現できる可能性はゼロに近いだろう。安子の心の中でのせめぎあいは、そんな結論に至った。だから安子はこの想いを心の中にしまっておくことにした。

『安子さん、新作ができたから試食しにおいでよ』

日向からそんなメッセージが届いたのは、それから二週間後のことだった。創の新作が試食できる。しかもその新作は、安子が「出世払いで」と創に預けた本からインスピレーションを得て生まれたものらしい。浮立った安子は、いつもより少しだけ早く店を閉めると、シエ・ヒロノへ向かう。

「いらっしゃい」

今日もニコニコした日向が安子を迎えてくれた。日向はいつものカウンターではなく、スナックだった時の名残であるボックス席へ安子を通す。ワインレッドの椅子は、ふかふかで座り心地が良かった。そこへタイミングよく、創がケーキを持って来た。

「わあ、きれい！」

安子の目の前に出されたケーキ。それは、富士山のような形のケーキだった。茶色の山肌に白い砂糖の雪化粧があしらわれ、さらにその頂には光沢のあるフルーツが並んでいる。

「ヨーロッパではメジャーなクグロフという焼き菓子に、フルーツをあしらってみた」

創がそう説明すると、安子の前で小さく切り分ける。断面は生地一色ではなく、ここにも星のように色とりどりのドライフルーツがちりばめられていた。

「おいしそう……」

思わず生唾を飲み込む安子。

「今日は僕たちからの招待だから、遠慮せずどうぞ」

日向が紅茶とフォークを持ってきてくれた。待ちきれなかった安子はすぐさまフォークを取りケーキへ手を伸ばす。

「いただきます……」

フルーツと生地が均等になるよう注意しながら切り分け、口へ運ぶ。噛み締めてみれば、ほのかに洋酒が香るしっとりとした生地に、ドライフルーツの深みある甘味が口に広がる。それは今まで安子が食べてきたどのケーキとも違う、天にも昇る味だった。

「うん。おいしい！　創さん、すっごく美味しいよ‼」

安子は左手を頬に添え、身悶えする。

「………」

創はチラリと安子を見るが、すぐに視線を逸らす。安子は全身を使って表現していた「美味しい」を示すポーズをゆっくりと解く。

「もう、相変わらずなんだから。素直に、ありがとうとかなにか言えないの？」

安子の言葉に、創のこめかみがピクリと動く。

「……ったく、こんな奴呼ばなくても、兄さんが食べてくれればそれでよかったのに」

この言葉からすると、普段は創の兄が味見役をやっているようだ。どんな顔をしているのだろう……。きっと創の兄も美形に違いない。そんな妄想をしていると、創は役目は終えたとばかりにキッチンへと帰って行った。

「……創さんって、いつもこんな感じ？」

「うん、まあね。でも、あんなこと言ってたけど、安子さんが持ってきてくれた本、すっごく喜んでたから。ありがとね。本当は本人が言ってくれるのが一番なんだけど、創さんはああいうタイプだから……。だから僕がいてあげないといけないんだ」

「それって？」

まるで日向が創の保護者かのような発言だ。

「創さんって口数が少ないでしょ。それなのに口を開けばトゲの立つ言葉ばかりだからね。それでお客さんとか従業員ともすれ違ったり衝突しちゃうんだ。安子さんも初めて来てくれた日、喧嘩になっちゃったでしょ」

「あー」

確かにそうだった。客にも平気であああいう態度がとれるのだから、表に出ればいつでも問題を引き起こしそうだ。それが常に一緒にいる従業員であれば言わずもがなだ。

「僕はこの味に惚れてるんだ。せっかくこれだけの腕があるのに、それとは関係ないところで可能性に蓋をされちゃうなんてもったいないでしょ。だから創さんの代わりにこの味を伝える役割を担ってるって訳」

それでも、毎日あの態度で当たられたらストレスも溜まりそうだ。

「日向君は平気なの？」

「うん。付き合いが長いからね。それになぜか僕のことは慕ってくれてるから」

「確かに日向君は一目置かれているような感じはあったけど」

「そうそう。だから僕でなきゃダメみたい」

「そっか」

なんだかんだで二人はバランスが取れているんだと、安子は納得するのだった。

うわぁ、怪しいなぁ……。

とある日の午後。店番をしている安子は、猛烈に警戒していた。それは明らかにおかしな行動をとる客がいるからだ。上下真っ黒な服を着た小太りの男は、本を探している様子もないのにあっちをウロウロ、こっちをウロウロ。さらに向こうでキョロキョロしている。なにが目的なのか分からない。かといって「なにかお探しですか?」と聞くのもためらわれる雰囲気だ。

なにかあったらいつでも対応できるよう、電話を握りしめながら安子は様子を見守る。

それから十数分後。怪しい客は、結局なにも買わずに帰って行った。


事件が起きたのは、その日の閉店間際だった。いつもの習慣で道路沿いのシャッターを閉め、出入り口の前だけ開いた状態にする。七時ちょうどになったら最後のシャッターを閉めて玄関のカギをかけ、レジの精算を行えば閉店業務は完了だ。

閉店まであと五分。安子は時間つぶしに、レジカウンター内に雑然と散らばった本の整理を始める。

店先にバイクが停まる音がしたのはそんな時だった。エンジン音が止まると、ヘルメット姿のまま、店へ入って来た。いつもの来店を示すチャイムは鳴らない。昨日から故障しているからだ。顔はヘルメットで見えないが、明らかに服装が昼間に来た怪しい男と同じだ。体型だって変わらない。怪しい。怪しすぎる。

その男はツカツカと安子のいるレジカウンターまでやって来ると、太いカッターナイフを安子へと突きつける。

「か、金を出せ！」

安子は一気に青ざめる。

これはもしかしなくても強盗だ！　よりによってなんでこんな貧乏な店に。得られるものなんてほとんどないのに！　でも、来てしまったのは仕方ない。昼間の下見で店番は女一人と分かって、やりやすいと判断されたのだろう。

こういう事態が起きた場合、両親からは『体の方が大切だから素直にレジのお金を渡しなさい』と教えられた。だから安子は、レジからなけなしの千円札二十数枚を渡す。これがレジの中のお札すべてだ。

「もっとあるだろう。早く、早く！　全部出せ！」

「こ、これで全部なんです……」

蚊の鳴くような声でそう答える安子。

「嘘をつくな」

安子は言っていることが本当だと証明するため、震える手で小銭の入ったレジのドロアーをカウンターの上に置く。その中から強盗は百円と五百円玉だけ掴むと、ポケットにジャラジャラと流し込んだ。

それだけでは満足できなかったのか、強盗は安子のいるレジカウンター内に回り込み、カウンター下の棚をひっくり返し始める。しかし、ないものはない。ひとしきりあさり終えると、強盗は再び安子にナイフを向ける。

「裏か二階に金庫でもあるんだろ。案内しろ」

強盗は早く歩けと言わんばかり、ぶんっ、とバックヤードに向け手を振る。もう片方の手に握られた、小刻みに上下するナイフを収めてくれる気配はない。でも、この建物には金庫なんてない。金目のものだってない。案内した挙句、見つからなくて逆上でもされたらどうしよう。この体が無傷で済むなんてこともなくなるかもしれない。

一歩、また一歩レジカウンターから足を進めつつも、安子は祈る。

誰か！　誰か助けて！

声にすらならないこの祈りが届くとは思えない。それでも必死に祈り続ける安子。

誰でもいい。

誰かに届いて欲しい。この叫びを――

その時だった。

安子の耳に低い、聞き覚えのある声が届いた。

「なにやってんだ、お前？」

――幻聴か。

いや、違う。強盗の向こう側。視界の片隅に長身の人影が入った。その人影は、ゆっくりと安子へ向かって来る。

「はっ、創さん⁉　あ、危ないから」

――こっちに来ないで。でも助けてほしい。次の言葉が出せないでいるうちに、創はすぐ傍まで来てしまった。

「なにやってる」

「こ、こっちに来るな！」

強盗のナイフが創へと向けられた。しかし、創はその動きに全く動じることなく、素早くその手首を握った。

――そんなことしたら危ない！

しかし、安子の心配をよそに、強盗の動きが固まる。そして腕をプルプルさせた直後、ナイフが手から離れ、カランという乾いた音を立てた。

創は強盗を鬼の形相で睨みつけている。こんな顔、見たことがない。強盗は自分が悪いと感じたのだろう。強盗は「うわー！」と言いながらもう片方の手を振り回し、無理やり創の手を振りほどくと、一目散に店から逃げ出したのだった。

強盗はいなくなった。

助かった。

本当に助かったのだ。

全身の力が抜けた安子は、その場にへたり込む。

結局その後、警察の事情聴取は深夜にまで及んだ。にもかかわらず、創は最後まで付き添ってくれた。

そして次の日は、店を臨時休業することにした。ほとんど寝られず疲労こんぱいだったということもあるし、また一人で店番をすることが怖かったということもある。

安子は遅めの朝食をとると、昨日のお礼をするために創の店へと向かう。その途中で、菓子折りを購入した。パティスリーを営む創にお菓子を渡すのは微妙かなと感じたものの、形式的なものだと割り切って、同じ商店街のネコ屋という店で米菓の詰め合わせを買った。

「安子さん。昨日は大変だったね」

いつもとは違う、神妙な面持ちの日向が安子を迎える。なにが起きたかは、既に創から聞いていたようだ。

「はい。創さんにはお世話になりました」

「無事でよかったよ」

そう言うと日向はいつものニコニコ顔になる。この笑顔はいつでも、どんな状況でも人の心を癒す力を持っている。砂漠のように乾いた安子の心が、一瞬で潤っていく。

「ありがと」

「今日はどうしたの？」

「これ、創さんへお礼代わりに」

　そう言って買ったばかりの菓子折りを持ち上げる安子。店名がネコ屋というだけあって、猫の絵があしらわれた、かわいらしい包み紙が巻かれている。

「ちょっと待ってて。創さん、呼んで来るから」

　そう言ってキッチンへ向かった日向はなかなか戻ってこなかった。またしても一人でいることを不安に感じる安子。でも向こうには二人がいるから大丈夫。自分にそう言い聞かせながら二人を待つ。

　それから五分くらいしてから創は日向と共にやってきた。創はなにか作業をしていたようで、手ぬぐいで手をふいている。

「今日はどうした？」

　昨日のことなどなかったかのような言葉で安子を迎える創。

「あ、あの。昨日はありがとうございました。これ、お礼の品です」

　そう言って菓子折りを差し出すと、創はそれを受け取る。そして包み紙を確認すると、

「なかなかいいチョイスだな」と言った。一瞬だったが、創の口角が上がったのを安子は見逃さなかった。

「お菓子屋さんにお菓子を渡すのはどうかなって思ったけど……よかった」

　安子はホッと胸をなでおろす。

「で、店は続けるのか?」

「もちろんそのつもり……だけど?」

昨夜、強盗が去った後、安子は泣きながら「もうやだ。こんな店」などと漏らしていた。だからこその質問だろう。

「あんたには、また探してもらいたい本があるからな」

そう言うと、創はすぐにキッチンへ戻ってしまった。相変わらずぶっきらぼうだったが、その言葉は、安子の心にじんわりと沁みこむのだった。


その次の日から安子は店を開いた。今日は梅雨のシーズンらしく雨が朝からシトシトと降っていた。だからシャッターを開けても、店の中はそれほど明るくならなかった。

ここは平和な日本。強盗など無縁だと思っていた。しかし現実に、一昨日それがあった。既に犯人は逮捕されたが、他の強盗が来ない保証などない。

創が来てくれた理由は、出世払いとなっていた本代を払いに来てくれたためだった。助かったのは、本当にたまたまだ。創が来てくれなかったらどうなっていたのだろう。そう考えるだけでもゾッとする。

だから店を開くのが怖かった。

それでも、店を開けない訳にはいかなかった。ただでさえ業績が悪いのに、休んでいる場合ではないからだ。

ガタガタッガタッガタ……。

動作の鈍くなった自動ドアが開く音に反応し、安子はビクリとなる。

「なんだ。宅配便か……」

やってきたのはいつもの宅配便だった。宅配便を装う強盗もいない訳ではないが、配達員は顔見知りだった。ほっと胸をなでおろすと、安子は雨染みのついた伝票にサインをする。

それからも、客が来るたびに安子の胸は過剰に震えた。よりによって、なんでこんな雨の日に来るのだろうか。いつもだったら暇なはず。いっそ、誰も来なければいいのに。そう何度も考えた。

一人で店番するのが、こんなに心細いだなんて思わなかった。こんな思いをし続けるくらいなら、このまま廃業してもいいのかもしれない。両親だって強盗が入ったことを報告すれば、きっとやめなさいと言ってくれるだろう。決して途中で投げ出すのではなく、不可抗力で閉めるのだ。

祖父の代から時を刻み続けている大きな時計からカチッと音がした。時刻は午前十一時。ようやく開店から一時間が経過した。時間が経つのが遅い。遅すぎる。安子はそれから何度も時計を確認するが、太い針は同じ場所を差したままだった。

外に目を向ければ雨足が強くなったようで、ザーという音が店内にまで入って来る。

「せめて従業員がいてくれたらな……」

安子の頭には、ムスっとした創と笑顔の日向の顔がよぎる。この二人がいてくれたら心強い。でも、雇うお金なんてない。そもそも「書店員になってよ」など、口が裂けても言えない。創は根っからのスイーツ職人で、日向はそんな創を応援しているのだから。

「そういえば……」

安子はレジカウンター内で乱雑に積まれた本の中から、ヨレヨレになった雑誌を取り出す。カフェ併設書店の記事が載っている雑誌だ。そして一度、心の中にしまったアイディアを思い出す。

——パティスリー併設書店。

やっぱり悪くないアイディアだ。

二人と一緒に店をやれたら、楽しくなりそう。

二人と一緒に店をやれたら、寂しくなさそう。

それに二人と一緒に店をやれたら……怖くない。

一度想い始めたら止まらない。安子の心の中で一緒にやりたいという気持ちがどんどん大きくなっていく。いてもたってもいられなくなった安子は、夕方、早めに店を閉めると雨の中、再びシェ・ヒロノへと向かう。

「あれ、安子さん。今日もいらっしゃい」

二日連続の訪問に「どうしたの？」という表情で迎えられる安子。

「ええっと……」

「今日はお買い物かな？」

「え、うん。そうなんだけど……」

雨の日だからだろう。ケースにはいつもより多くのケーキが残っていた。二人のやり取りが聞こえたのか、それともたまたまなのか、珍しく創もキッチンから出て来た。

店の名前からも分かるように、この店のオーナーは創だ。だから胸の中で膨らんだアイディアは、創に了承してもらわなければならない。そして今、オーナーである創が目の前にいる。これは絶好のチャンスだ。

しかし、安子はどう話を切り出したらいいものかと悩む。勢いでここまで来てしまったものの、どうやって口説くかなど決めてもいなかった。具体的なプランなんて、一切ない。

「今日は安子さんの好きなフルーツタルトも残ってるよ。こんな天気だから今日、お客さん安子さんで三人目なんだ」

「あ、うん……」

ショーケースには日向の言う通り、彩り豊かなフルーツタルトがいくつも並んでいた。

しかし、安子の目的はこれではない。パティスリー併設書店の勧誘をしに来たのだ。

でも、言ってしまって大丈夫だろうか。まともに相手にされなかったらどうしよう。心にそんな不安がよぎる。

「どうしたの？」

煮え切らない様子の安子に二人の視線が注がれる。日向は首をかしげながら不思議そうな顔をしている。創に至っては、今にもキッチンに戻ってしまいそうな雰囲気だ。もうこうなったら勢いで言ってしまうしかない。安子はぐっとこぶしを握り締めると、こう言った。

「うちに、引っ越さない？」

キョトンとした表情を浮かべる二人に向け、安子は言葉を続ける。

「うち、立地はいいんだ。この美味しいスイーツ、もっと多くの人に届けられるかもしれないよ」

創と日向は顔を見合わせる。突拍子もない話だから、もしかしたら状況が呑み込めていないのかもしれない。安子はさらに言葉を続ける。

「つまりね、創さんのお店ごと、私のお店に引っ越しませんかってこと」

「それは分かったけど……安子さんは本屋さん、辞めちゃうの？」

日向がそう聞いてきた。

「辞めるつもりはないよ。同じ建物の中で、半分が本屋さんで半分がパティスリーってのを考えてるの。ほら、ここって裏通りだし、知る人ぞ知る店になっちゃってるでしょ。私のお店、駅に近いから人通りもあるし、きっと売上も増えるよ。売上が増えたら、もっと研究ができて、もっと美味しいケーキも生まれるんじゃないかな……って」

安子の言いたいことは伝わったのだろうか。日向は、似つかわしくない硬い表情をしながら腕を組んでいる。

「うーん……僕たちのメリットは分かったけど、安子さんとこのメリットは？」

「私が大家さん。だから家賃はもちろん貰うつもり。それにね、実は私の店もそんなに売上はよくなくて……。創さんの作る美味しいケーキを買いに来てくれたお客さんが、ついでに本を買ってくれたらいいなって」

「それでも本の在庫が半分に減ったら、もっと売上も減っちゃわないかな？」

日向の言うとおりだ。パティスリーからもらえる家賃次第ではあるが、さらに経営状況が悪くなる可能性だってある。

「そ、それは……」

安子はかすれたような声でそう言うと、俯く。そして具体的なプランを考えずに、勢いだけでここに来たことを後悔する。

いくら安子が勝手に盛り上がったからといって、相手だって経営者だ。メリットとデメリットを天秤にかけるのは当然のこと。それにスナックの内装が色濃いこの場所だって、家賃以外の理由があるからこそ、ここで営業しているのかもしれない。

お金の問題だってある。本が買えないくらいの創に引っ越し費用を捻出するだなんてできないはず。当然ながら安子が負担することだってできない。

そしてなにより、それだけコストをかけて三人とも儲かる保証など、どこにもない。共倒れになる可能性だってあるのだ。

「………」

それでも、安子は二人と一緒に店をやりたかった。

そう思ったきっかけはたった一つ。

あの日、あの時から――

「あのね……」

俯いたままの安子の口から、自然と言葉がこぼれ始めた。

「寂しいの。一人で店をやってるのが」

きっかけは、二人の店に通うようになってからだ。もちろんあの事件がその想いを加速させたことは言うまでもない。

「二人の姿を見て、いいなぁってずっと思ってた。相談できる仲間がいて、信頼できる仲間がいて、喜びを分かち合える仲間がいて……羨ましかったんだ」

先日、大量注文をもらえた時、安子は嬉しかった。でも、隣に日向がいてくれたら、その嬉しさも数倍に跳ね上がったのかもしれない。隣に創がいてくれたら……どう反応してくれるかは分からないけど、きっと一方的に喜びの言葉は伝えていただろう。

安子は顔を上げると、創、そして日向の目を順に見る。創は相変わらずだったが、日向はさっきと違っていつもの柔和な表情をしていた。

「あのね。私のお店、あと一年で立て直せなかったら、廃業するって約束してるの。でも、絶対にあのお店は失いたくない！　あそこは私の想い出が……私のすべてが詰まってるの。だから………だから！」

そこで安子は口をつぐむ。そして静寂が店を包み込む。聞こえるのは雨が道路をたたく音だけだ。それに時おり、前の道を車やバイクが通過して行く音も聞こえてくる。

「……創さん、どう思う？」

突拍子もない話だ。そして自分勝手極まりない話でもある。断られたら素直に帰ろう。安子がそう思っていたところ、創の口から思いがけない言葉が飛び出す。

「いちど店を見に行って、コイツの計画を確かめてみよう」

パティスリーの定休日である水曜日。創と日向が安子の店にやって来た。

今日は梅雨の中休みといってもいい、太陽が覗くいい天気になった。気温はどんどん上がって蒸し暑くはなってしまったが、店内が明るく見えるし気分も上がる。だから下見にはうってつけの天気だ。

安子は少しでもいい店に見えるよう、しっかりと掃除をし、お勧めの作品には手書きのPOPを添えた。それだけでも、今までよりも活気のある店に見えるようになったはずだ。もちろんエアコンのスイッチもオンだ。

とはいえ安子の心の中は不安でいっぱいだ。二人はどんな反応をしてくれるのか。もし、二人がOKを出してくれたとして、次に立ちはだかるお金の問題は解決できるのか。それが解決できたとして、業績は上向くのか。考えだしたらキリがない。

「へぇ、安子さんの店ってこんな感じだったんだ」

奥行に比べて左右が狭い店内を見回しながら、日向がそう言った。

「そういえば、日向君がここに来るのは初めてだね。日向君は本、読んだりするの？」

安子は自分の不安を隠すように、日向にそう聞いた。

「僕は大好きだよ」

「へえ、どんなの読むの？」

「なんでも読むけどやっぱり小説かな？　特に今のお気に入りはこれ」

そう言って手に取ったのは、倉綿比奈という作家が著した文庫本だった。この本はテレビドラマ化が決まっており順調に販売数を重ねているため、店の一番目立つところに大量陳列している。安子自身も、何度も読み返している本だ。

「それ、私も大好き！」

「ほんと？　か弱い女性が苦難に打ち勝つっていう展開が僕好みでね」

「うんうんうん、分かる！」

それから二人は本の内容でひとしきり盛り上がる。どのキャラがいいだのアイツは許せないなど話すネタは盛りだくさんだ。

「安子さん、他にはどんな小説が好きなの？」

「えっとね、やっぱり東野圭吾さんの作品かな」

安子はレジ近くの棚にある東野圭吾のコーナーを示すとそう言った。

「大定番だね」

「うん。お客さんにも薦めやすいし、読んだらやっぱり大定番になるだけの理由を感じるよ。それにね……」

「それに？」

「いっぱい売れるから大好き」

満面の笑みで安子はそう言った。

「あはは。店を経営するうえでは大切なことだね。なら、隣のコーナーもそうなのかな？」

日向が指し示したのは、時代小説コーナーだ。地域柄、幸福堂の客層は年齢が高めのため、こういったジャンルの本も動きが良い。

「うん、もちろん！　その中でもやっぱり佐伯泰英さんはすごいよね。『居眠り磐音江戸双紙』ってシリーズは五十一巻まであるんだけど、たまに全部まとめて売れることがあるんだ」

安子の視線の先には、二段に渡り棚を占めるシリーズものの作品があった。帯の背の部分に描かれた切り絵のイラストが、巻をまたいで一つの絵巻のようになっている姿は壮観だ。

小説にせよコミックにせよ、まとめ買いしてもらえるのはシリーズものの強みである。それが五十一冊ともなれば、その売上は侮れない。それだけではない。客が作家のファンになってくれれば、同じ著者の違う作品も買ってもらえるようになる。

「なんだ。結局、売れるものしか置かないってことか」

突然割って入った水を差すような創の言葉に、安子はムスっとする。

「そんなことないよ。さすがに創さんの探すような専門書は置けないけど、私が自分で考えて選んだ本を並べてるコーナーだってあるもん」

安子はレジに背を向け、棚の反対側へ向かう。そこにはレーベルや作家もバラバラの、寄せ集めのようなコーナーがあった。棚の上には『幸福堂書店大賞』という見出しが大きく踊っている。平積みされているそれぞれの本すべてに安子手作りのＰＯＰで、その本の「売り」が説明されていた。

「ほら。ここは全部私が読んだうえで、こうやって売り場を編集してるんだから」

安子はどうだとばかり、胸を張る。

「なるほど……。で、ここの本は売れてるのか？」

「うっ、痛いところをついてくるね……」

残念ながら売上は芳しくない。店の奥という場所も原因の一つだろうが、これという理由は分かっていない。

「ま、意図的に売り上げを作るのが難しいってのは、よく分かる。俺だって最高傑作だと思って送り出したケーキが、からっきしダメだったってことはあったからな」

「ふうん、創さんのケーキでもそうなんだ」

馬鹿にでもされるかと思い構えていた安子は、意外な創の言葉に拍子抜けする。

「ちなみに安子さん、この本はどうしてオススメなの？」

「あっ、それはね――」

オススメの本だけあって、安子は話し出したら止まらなかった。ネタバレを避けつつも、日向へその小説の素晴らしさを熱意をもって説明する。

それからも安子と日向の小説談議は続く。そんな永遠に続きそうだった二人の会話を止めたのは、置いてけぼりにされた創だった。

「……兄さん、そろそろ計画の確認をしよう」

「あ、今日の目的はそれだったね。ごめん創さん。つい楽しくなって盛り上がっちゃった」

「えっ⁉」

今、創は日向のことを「兄さん」と呼んだ。日向の方が年下にもかかわらずだ。思い返してみれば、シェ・ヒロノで試作品を食べた時にも言っていた記憶がある。あの時は実の兄のことだと思っていたが、状況的に日向のことだと考えるとしっくりくる。

「安子さん、どうしたの？」

「ううん、なんでもない」

安子は理由が気になって仕方なかった。しかし踏み込んではいけない領域のような気がして、聞くことはできなかった。

「そう……？　それで安子さん。この前の話、どんな風に考えてるのかな？」

日向からの質問で、安子は気を取り直しプランを頭の中で思い起こす。勢いで二人を勧誘してからの五日間、安子は真剣に考えていた。いよいよ、そのプランを発表する時がやって来た。楽しかった小説談議から一転、安子は真剣な表情になる。

「えっとね。お店を縦半分に切って、こっちが書店でこっちがパティスリー」

奥に向けて細長い店舗をさらに細長く二分するように両手を広げて表現する。

安子は先日、日向が言ったように、書店の面積が半分にまで減ってしまうのは大丈夫なのだろうかと悩んだ。その結果、このプランが実現できた暁には、安子の本当にお勧めするものと最低限必要なものを揃えればいいという結論に至った。

小さな書店には個性が必要だ。他の店と似たような品揃えをしていたら、大型店に負けるのは自明の理。両親には悪いが、奥の売れない本はいったん倉庫に下げる。客に聞かれた時に、さっと出せるようにしておけばいいのだから。

「パティスリー部分の一番奥は、創さんが腕を振るうキッチンね。入口に一番近いここはショーケースを置くの。書店のカウンターとは背中合わせになるようにして、どっちのお客さんも同時に対応できるようにしたいな」

「でもさ。そうすると真ん中にスペースが余っちゃうけど、どうするの？」

日向の言う通り、半分以上のスペースが余ることになる。だが、そこはちゃんと考えてある。例の雑誌記事をもとにして。

「イートインスペースを設けようかなって思ってるの。本を読みながら美味しいケーキを食べられるのって素敵じゃない？」

「ああ、それはいいかもね！」

「ホールの仕事をしなくちゃいけなくなっちゃうけど、それは私と日向君が手分けしてやる予定」

日向の反応は悪くないようだ。創へ視線を送れば「俺は今より広いキッチンが欲しい」と創らしい言葉を言った。

「あ、うん。あくまでも案だから、もう少しキッチンを広くしても大丈夫だよ」

創の感触もよさそうだ。安子は俄然元気が出てきた。イートインのテーブルの配置や「こんなドリンクがあったらいいな」といったプランを、一気に説明する。

「私が考えたのはそんなところ。どう……かな？」

それから創と日向は二人で話し込む。

「安子さんのプラン、なかなか面白そうだったね」

そんな日向の言葉に創は黙って頷く。

「僕はいいんじゃないかなって思ったけど、創さんはどうしたい？」

「俺はここで実力を試してみたい。でも……」

「そのことなら気にしないで。僕は創さんを応援するって決めてるから」

「兄さん……」

会話に割って入りがたい雰囲気になってきたため、安子は二人から距離をとる。それから五分ほど二人は話し込んだだろうか。日向は創の肩をポンとたたくと、安子の前へやってきた。

「どう……だった？」

「えっとね。パティスリーって店の清潔感も大事だから、今の安子さんの店の状態だと難しいかな」

いい雰囲気だったのにもかかわらず、想定外の言葉が飛び出し安子は肩を落とす。必死に掃除はしたけれど、染みついた古さまでは隠すことができなかった。確かに日向の言う通りだ。ほとんどのパティスリーは外観も内装もお洒落な店ばかり。この内装では、創のケーキもおいしさ三割減になってしまう。

「だからそんなところも含めて、検討しないといけないこととか、やらないといけないことはいっぱいあるよ。でも……創さんにとってもまたとない機会なんだよね。僕もずっとあそこで営業するのは創さんのためにならないって思ってたんだ。あそこもパティスリー向きな物件じゃないしね」

「てことは……？」

日向はいつものヒマワリのような笑顔を作ると、こう言った。

「安子さんのお誘い、喜んで受けようと思う」

日向の答えは、安子が心から待ち望んでいたものだった。

「ほんとに⁉　嬉しい！　ありがと‼」

安子は今年一番の笑顔を作るのだった。

この日は、安子の店が通常の営業中だったため、今後のミーティングはお互いの閉店後にやろうということだけ決めて、お開きとなった。

帰りがけ。創と一緒に外へ出ようとした日向がクルリと回って足早に戻って来ると、安子に耳打ちをする。

「創さん、安子さんのこと相当気に入ってるみたいだよ」

「へ？　あれのどこが⁉」

創は今日も終始ぶっきらぼうのままだった。それに日向と小説談議をしている時は、ほとんど放置してしまっていた。だから気に入られる要素など、どこにもない。

「僕以外の他人には、なかなか心を開かなかったのになぁ……」

そう言葉を残した日向は安子の返事を待たず、先に店を出ていた創の背中を追うのだった。

二章　ふたりのレアチーズタルト

「うふふ。もうすぐ初めての結婚記念日。どんなパーティーにしましょう」

ここはとある地方都市の住宅街に建つ、ありふれた一軒の住宅。建物そのものは年季こそ感じるが、リビングに敷かれたフローリングは味のある光沢を放ち、窓ガラスには曇り一つ見つけられない。しっかりと手入れが行き届いているようだ。壁面に貼られたカレンダーには、九月七日を示す数字がハートマークで囲われていた。

　そんな家のリビングで、ソファーに腰掛けながら鼻歌交じりにレシピサイトを検索しているのは、ふんわりショートボブの似合う女性、三岩志保だ。せっかくの記念日を盛大に祝いたい。だからその日は半月以上先にもかかわらず、志保は張り切っていた。

「せっかくだから、やりくりして浮いたお金もあるし、贅沢しちゃおっかな」

　それからも志保は、キッチンで火にかけている鍋を確認しつつ、スマホ片手にあれこれプランを練り続ける。結婚記念日は志保の誕生日でもある。だから楽しておかずはデパ地下の惣菜にするのもいい案かもしれない。そしてケーキは夫である高志の大好きなあれを買って――

　そんなことをしていると時間はすぐに経過してしまったようで、玄関から人が入って来る音が聞こえてきた。時計を見れば、時刻は午後六時前。パートに出ていた義母が帰って来たようだ。反射的に志保の体が固くなる。

それから程なく、義母が姿を現した。年齢は五十五歳。背筋はしゃきっとしているが、濃い化粧でも隠し切れない皺が顔に刻まれている。夫とは五年前に死別した。一人息子である高志が出て行ってしまうと孤独の身になってしまう。それは耐えられないと、彼女たっての希望で結婚と同時に同居することになった。

4LDKで三人暮らし。二世帯住宅のように親世帯と子世帯で空間が分かれている訳ではないが、プライバシーを保つには十分な広さがある。だから当時の志保も、同居に異論はなかった。しかし、現実は甘くなかった。

「お帰りなさい」

そう言った志保に対し、義母はなにも言葉を返さない。そして無言のままツカツカと傍までやって来ると、ソファーにかけている志保を見下ろす。

「あら、志保さん。暇そうね」

義母はそう言うと手にしたバッグを乱雑にソファーへ投げ置き、キッチンへと向かった。

志保が慌てて立ち上がり後を追うと、既に鍋のふたは開けられており、義母は冷蔵庫を覗いているところだった。

「晩ご飯の用意はしていないのかしら?」

鍋のふたまで開けておいて、なにを見たのだろうか。準備なら完璧と言っていいくらいにしてある。

「もう、あとはハンバーグを焼くだけなんですが……」

高志が帰って来るのはいつも六時半頃。そのタイミングに合わせて焼けばいいだけだ。しかし、義母の眉間のしわは先ほどより深くなっている。疑われているようだ。だから志保は冷蔵庫からラップに包まれたバットを取り出すと、慌てて言葉を続ける。

「ほら、この通り。そ、それに付け合わせは人参のグラッセにポテトです。今日は暑くなりましたから、さっぱりとした野菜の酢漬けも作ったんですよ。あと、洋風だから普段は作らないコンソメスープを初めて作ってみたんです」

志保の言葉を聞いた義母は、残念、と言わんばかりに首を左右に振る。そしてゴミでも見るかのような目で、コンロの上の鍋を睨みつけた。

「あの子は、味噌汁しか飲みません。一年間もあの子の傍にいて、そんなことも分からないの？」

「えっ⁉」

——そんなことはない。この前二人で外食に行った時、高志はコンソメスープを美味しそうに飲んでいた。そして「いつも味噌汁ばかりだから、たまには違うのもいいね」と言っていたのだ。

「これは高志さんが――」

「ちょっとどきなさい」

うろたえる志保をよそに、義母は鍋の前へ行く。そして、こともあろうかせっかく出来上がっていたコンソメスープを、シンクに流してしまった。熱いスープを受けたステンレスのシンクが膨張してボコンと音を立て、サーっと液体が落ちていく音がした。

「えっ……」

志保は義母のその行動に、呆然と立ち尽くす。確かに高志は味噌汁が大好物と言っていた。とはいえコンソメスープは、高志がたまには違うのもいいとリクエストしたものだ。だからこそ期待に応えて作ったのに……ひどい。ひどすぎる。

シンクの中には、しっかりと煮込まれたジャガイモ、人参、ベーコン、そして玉ねぎといった具材が転がっていた。黄金色だったスープは、見る影もない。

「ほら、あと三十分で帰って来るのよ。早く晩ご飯の準備をなさい！」

「………はい」

志保は涙を浮かべながら誰にも食べられることのなかった具材を片付けると、味噌汁を作り始めるのだった。

翌朝、食卓では志保と高志が朝食をとっていた。義母は既に食べ終えており、仕事へ出るための身支度をしているため、ここにはいない。三岩家いつもの風景だ。

「ねえ、高志さん。初めての結婚記念日はどうする？」

高志は左手で既に冷めたトーストを食べながら、右手でスマホゲームに興じていた。声をかけられたことで一瞬だけ志保へ視線を向けるも、すぐに手元へ戻してしまった。

「……ねえってば」

そんな志保の言葉が通じたのか、それともゲームが一段落したのか。高志はスマホを食卓の上に置くと、志保と向き合う。

「なに？　もうそろそろ時間がヤバイんだけど」

そう言うと高志は残ったパンを口に放り込み、コーヒーで流し込む。

「もうすぐ、初めての結婚記念日だよ」

「ああ。もうそんな時期だっけ？」

高志はティッシュで手と口を拭くと、誕生日に志保がプレゼントした紺色のネクタイを締める。

「そうよ。だから高志さんはどんなもの食べたいかなって」

「食べ物ねえ……」

高志はネクタイを締めていた手を顎（あご）に当て考える。よほど無理がない限り、高志の願いをかなえてあげたい。

「そうそう。食べ物っていえば――」

どんなリクエストをしてくれるのだろうか。答えを聞き漏らすまいと志保は両耳をしっかりと高志へ傾ける。

「――昨日、晩飯作るのさぼってたんだって？」

「えっ⁉」

ようやく得られた高志の言葉は、志保の期待するものではなかった。それどころか、昨日義母に抉られた傷に塩を塗り込むようなものだった。

「あれは違くて――」

「だってお母さんがそう言ってたよ」

――違う。そうじゃない。作り直した味噌汁だって高志が帰って来る前には完成していた。しかし志保は、喉まで出かかった言葉を飲み込む。なぜなら、この家で一番偉いのは義母だからだ。そして志保と義母になにかがあった時、高志はいつでも義母の味方をする。だからこれ以上反論しても無駄と学習したのだ。

「主婦なんだから、それくらいちゃんとやってよね。こっちは汗水流してお金稼いでるんだから」

「…………」

結婚一年経たずして、二人は既にすれ違い始めていた。節目である結婚記念日は、そんな二人の距離を新婚当初へ戻す恰好のタイミングだ。だからこそ、志保は入念な準備をしている。しかしこのままその日を迎えて、果たしてお互いの距離を縮めることはできるのだろうか。

出かけて行く夫と義母の背中を見送ると、志保は大きなため息をつくのだった。

「おはよう！」

「おはよ、安子さん」

駅近くの小さな書店に、今日も元気な声が響いた。安子が店のシャッターを開けると、白と木目を基調とした清潔感のある店内に、朝の柔らかな光が差し込む。

「うん。今日もいい天気だ」

白いシャツに黒いタイトスカート、丈の短いエプロンというウェイトレス服に身を包んだ安子はそうつぶやく。店内に戻ると、いくつも並んだテーブルと椅子の間を通り抜け店の奥へ向かう。

キッチンを覗けば、安子は焼きあがったばかりの生地の、香ばしくも甘い香りに包まれる。そんなキッチンには真っ白なコックスーツに身を包み、真剣な眼差しでケーキを作る創の姿があった。今が一日のうちで創が一番輝く時間だ。

「創さん、おはよう！」

「おう」

創は一瞬だけ安子に視線を向けたものの、すぐにケーキ作りを再開する。集中している時の創はいつもこうだ。手元では、生地にヘラでチョコレートを塗っているところだった。安子はそんな創の邪魔をしないためにも、すぐ店内に戻り開店準備を再開する。


一週間前、街の書店だった幸福堂書店は『パティスリー幸福堂書店』に生まれ変わった。オーナーである安子が、裏路地でパティスリーを営んでいた創と日向に話を持ち掛けてから約二ヶ月後のことだ。

当時の安子は勢いで二人へこのプランを提案したものの、それを実現するには越えなければならない多くの壁があった。その代表的な問題が、資金だ。

書店だった場所にパティスリーが引っ越して来るのだ。当然、それなりのリフォームが必要になる。厨房設備はもちろんのこと、イートインコーナーやショーケース。それに傷んだ内装や外壁だってなんとかする必要があった。これらの要望を地元の工務店に伝えたところ、見積はなんと二千万円を軽く超えてしまった。これは無理だと、最低限必要なものだけに絞り込んでも三桁の後半。

　これだけの費用を安子が捻出することはできなかった。創と日向だってあれだけ細々と経営していたのだから、きっとまとまった現金など持っていないに違いない。そうなると頼れるのは借入金のみだ。

「融資、してもらえるかな……」

　事前の調査で、銀行だけでなく日本政策金融公庫というところでも、低金利で事業資金を貸してくれる制度があることを見つけた。これらの融資を申し込んでみて、ダメだったら諦めよう。安子はそう考えていた。

「でも、借りたら返せるかなぁ……」

　仮に一千万円を五年返済で借りたとすると、元本だけでも毎月十七万円くらいの返済になる。さらにここに利息が乗ってくる。書店とパティスリー二店舗分の売上から、果たしてこの返済額を捻出することはできるのだろうか。そう考えると安子は急に不安に襲われた。

「これは、諦めるしかないのかなぁ……」

　書店のバックヤードにあるデスクに向かい、何パターンもの見積書を眺めながら、安子は大きなため息を漏らした。

「安子さん、どうしたの？」

　声の元へ振り返ると、そこには日向が立っていた。まだどこか幼さを残したその表情からは、「大丈夫？」といった言葉が窺える。

「えっとね、どうやってリフォーム代を調達しようかなって悩んでたの」

そんな安子の言葉に日向は「あれ？」と言い首をかしげると、頬に人差し指をあてる。

「安子さんに言ってなかったっけ？　リフォーム費用は僕が全部出すから気にしなくてもいいんだよ」

日向はそう言うと、安子の肩越しにデスクに置かれた分厚い見積書の束を手に取った。

その中から、最も高額な二千数百万円の金額が記されたものを安子へ見せる。

「このプランで行こうと思ってるんだ」

「へっ⁉」

白い歯をのぞかせてニコリとほほ笑んだ日向とは対照的に、安子は口を半開きにして間抜け面をした。

形式的には安子が建物を提供し、パティスリーがテナントとして入居するという形になる。だから入居に際するリフォーム費用を二人が負担することは、なんらおかしくない。

しかし今回の場合、「うちに引っ越さない？」と安子から二人に持ち掛けた話だ。しかも日向が手にしている見積書には、書店部分のリフォームまで含まれている。これを全額負担してもらうのは、申し訳ない。

「これは創さんと僕がやりたくてやってることだからさ」

「パティスリー側だけじゃなくて、書店側の内装もいじるんだよ？」

「気にしないで。創さんがここで挑戦したいって言った時からそう決めてたんだ」

「でも……」

やはりそれでは安子の気が収まらない。虎の子の定期預金を解約すれば、書店部分の内装くらいはなんとかなる。そんな申し出をしてみても、日向は「僕が出す」の一点張りだった。

「安子さん、本当に大丈夫だからさ」

「もしかして日向君、いいとこのお坊ちゃんだったりする？」

二十四歳にして、二千万という大金をポンと出せると言うのだ。毎月百万円くらい親からお小遣いをもらっているのかもしれない。

「あはは、全然」

日向が首を左右に振る動きに合わせて、チョコレート色のサラサラとした髪がふわりと広がる。

「ならそんな大金、どうやって……」

「僕は僕なりに頑張ってきたんだよ。だから貯金もそれなりに、ね」

この話しぶりからすると、日向は自分の力で貯めこんできたようだ。それにしても、そんな年でどうやって貯めたのか。それにお金があるのだったら、なんであんな裏路地という不利な場所でパティスリーを営んでいたのか。どうせ引っ越しするのであれば、古びた書店と同居ではなく、もっとチャレンジ精神あふれる都会の一等地でも借りられたのではないだろうか……。

次から次へと疑問が湧いてきたものの、言葉に偽りなく日向はポンと資金を出してくれたため、改装工事は極めて順調に進んだ。

店内は、安子の提案通り書店部分の面積が半分になった。ただし、本の在庫が半分になることはなかった。それは、入り口側を除いた壁面三面に天井まで届く棚を作りつけ、本をみっちりと詰め込んだからだ。最上段から三段くらいは手が届かないが、そこにはめったに動かない本を並べた。これは客のリクエストがあった場合だけ、踏み台を出せばいい。

こうして生み出された空間に、スイーツの持ち帰りカウンターとイートインスペース、それにキッチンを設えた。レジは客の利便性を考えて、本とスイーツが同時に会計できるようカウンター内にまとめた。だから安子と日向の二人ともが、書店とパティスリー両方の仕事をできるようにした。その方が休憩も取りやすい。

ちなみに創がいるキッチンは、外から見えないようになっている。「創さんがケーキを作るカッコいい姿が客席から見えるといいのに」という安子の提案は、「人前に出たくない」という創の一言であえなく撃沈したからだ。

「今日も美味しそうなケーキがいっぱい！」

せっせと掃除をしていた安子がショーケースへ視線を向けると、既に色とりどりのケーキが並んでいた。ここへ引っ越す前は、せいぜい六種類くらいしか並んでいなかったが、数えてみれば八種類あった。開店後も、時間が経てばさらに追加があるため、最終的には十種類以上のケーキが並ぶことになる。

「今日はどれが売れ残るかなぁ」

安子は縁起でもない言葉をつぶやきながら、閉店後に食べるケーキの品定めをする。

「こらこら安子さん。売れ残るのは良くないことなんだから」

安子と同じくウェイター服を着た日向が、苦笑しながらそう突っ込んだ。そんな日向の姿は、まるでテレビドラマの執事のように見える。安子と同じ意匠の服なのに、ありふれた店員に見える自分とこんな違いが出てしまうのは何故なのだろうか。きっと服以外の素材の問題であろう。安子はそう結論づけている。

「あはは、そうだった。ちゃんと売らなきゃね。売上も全然目標に届いてないんだし」

三人寄れば文殊の知恵とはよく言ったものだが、残念ながら経営センスのない三人が集まってしまったため、まだ売上は芳しくない。慣れない仕事でバタバタするといけないからと、大々的なオープニングセールをしなかったのも理由の一つだろう。

だからまだまだ陳列しているケーキの量は少ないにもかかわらず、毎日、結構な量のケーキが残ってしまう。かといってケーキの陳列を今より消極的にしても、せっかく来てくれたお客さんが次に来てくれなくなる可能性もある。在庫切れなどもっての外だ。

今のところショーケースにできてしまう空きスペースには、小物などを合わせることで賑やかさを演出している。

「さてと」

改装後も変わらず同じ場所で時を刻み続けている木製の大きな時計を見れば、時刻はもう午前十時だった。

「時間になったから開店するね」

「オッケー」

安子は出入り口のカギを開ける。以前は引っかかったようにガタガタと動いていた自動ドアは、こんがりとビターな木目の美しい片開きのドアに交換された。安子は店内に置いてあった立て看板を手にすると、通行人に見えるように店の前へ設置する。立て看板にはOPENという大きな文字と、メニューの一部が掲載されている。

「これでよし、と」

安子はすぐに店内には戻らず、店の外観を眺めるとにんまりと笑顔を浮かべる。くすんだ灰色だった外壁はきれいなクリーム色になり、看板にはチョコレート色をベースに白色で「Pâtisserie Kofukudo」と「幸福堂書店」という文字が並んでいる。このチョコレート色は、ドア枠などのアクセントにも使われている。窓は温かな木で囲われており、大きなガラス越しに見える店内のショーケースが実に美しい。

「うん。今日も美味しそうな店構えだ」

満足した安子が店内へと戻ると、ポップな洋楽が耳に入った。日向がＢＧＭのスイッチを入れてくれたようだ。これで開店作業はすべて終わりだ。今日はどれだけの客がやってきてくれるのだろうか。安子は期待に胸を膨らませながら、店番を始める。


「いらっしゃいませ！　あ、藤本さん！」

開店早々、本日初めての客がやって来た。以前から書店によく来てくれていた地元の客だ。物珍しそうにキョロキョロと店内を眺めると、安子のもとへやって来た。

「改装が終わったって聞いたから来てみたんだけど、これまたお洒落な店になったわね」

客はショーケースに並んだケーキへ視線を向け、表情を崩す。

「本屋さんでケーキを売るだなんて、失礼だけど大したもの置いてないんじゃないかなって思ってたんだけど……いい意味で裏切られたわ。どれも美味しそうね……迷っちゃう」

うっとりした表情へと変化した客の視線は、ショーケース内を何度も往復する。

「ぜんぶ美味しいですからね。しっかり迷っちゃってください」

並んでいるケーキはすべて試食済みのため、安子は自信を持ってそう言った。

それから客は三分ほど悩み四つのケーキを選ぶと、日向がカウンターの奥で箱詰め作業に入る。客はそんな日向の姿を目で追っている。

「ねえ。あちらの好青年は、あなたのいい人？」

客が口に片手を添えながら、突然小声で爆弾を落としてきた。

「えっ⁉」

改装作業から慣れない店の運営に必死すぎて、そんなことは意識したこともなかった。そもそも日向も、ここにはいない創も店舗経営のパートナーだ。とはいえ、客の言う通り好青年なのは事実。そんな日向と自分がそう見えていたとは。急に顔が熱くなってきた安子は、客の言葉を慌てて全否定する。

「全然そんなんじゃないですよ！」

「あら、そうなの？　同じ屋根の下でお店を半分ずつなんて珍しいことしてるから、てっきりそうかなって。でもよかったわね。お店、見違えるほどきれいになって」

「あ、はい！　ありがとうございます！」

客はきょとんとした表情の日向から箱を受け取ると、二人に見送られ帰って行った。安子は火照った顔を、手を団扇(うちわ)にして冷やす。

「今のお客さんは、安子さんの知り合いなんだね」

いつもの爽やかフェイスで日向はそう言った。そんな日向と視線が合うと、また顔が熱くなってきた。そしてそれと同時に、改めて一人ではなくなったという実感が湧いてくる。

ついこの間までは一人寂しく不安を抱えながら店番をしていたため、こうやって話しかけられることもなかったのだ。そんなことを噛み締めていると、日向の首がコテンと傾いた。どうやら、また日向の顔を観察しすぎたらしい。

「あ、うん。近所の方で、よく本を買ってくれてたお客さんだよ」

「そっか。安子さんのお客さんはどうかなって心配してたけど、少しずつ戻ってくれてるみたいで良かったよ」

「うん！」

日向の温かな言葉に、安子は笑顔を返す。

それからも昼になるまでに、テイクアウトの客はパラパラと来てくれた。その多くが以前からシェ・ヒロノを利用していた客か、安子の常連客だった。まだまだ新規の客は少ない。

「日向君お待たせ。お店、どうだった？」

先に昼休憩へ行っていた安子が店に戻ると、日向へそう質問をした。

「この時間は全然ダメだね。ケーキはゼロで、雑誌が一冊売れただけ」

「そっか」

残念ながら、今日も昼の時間帯が賑わうことはなかったようだ。

「じゃあ僕もお昼休憩をいただくからよろしくね」

「はーい。行ってらっしゃい」

安子は日向と入れ替わりでカウンターに入ると、店番を始める。そしてそれから十分ほど経った頃のこと。

ガラス越しに、店の前に黒塗りの大きな車が止まるのが見えた。運転手が降り後席のドアを開けると、いかにもお金持ちそうな女が車から降りてきた。

「うちに用事でもあるのかな……」

運転手付きの人と縁など全くない。自分の店に用事があるのか、はたまた車を停めやすかったから停めただけなのか。そんな安子の心配など関係なしとばかりに、女は迷わず幸福堂のドアを開ける。そしてカツカツとヒールの音を響かせながら、安子のいるカウンターまでやって来た。

安子はその女の様子を窺う。ヒールを履いているからということもあるが、その身長は安子が見上げるほどもあった。年の頃は安子の両親よりも一回り若いくらいだろうか。その立ち居振る舞いからは気品すら漂っている。

「こちらがシェ・ヒロノの新しいお店かしら?」

話しぶりからすると、引っ越し前からの客のようだ。

「はい、そうです。今は『パティスリー幸福堂書店』という名前になりました」

「そう……」

マダムはまつげを伏せると、ショーケースを眺める。

「やはりショートケーキはないのね」

「はい。申し訳ありませんが……」

実は開店以来、安子が悩み続けていることがある。それはケーキの王様と言ってもいい、イチゴショートが一度も並んでないことだ。

「ねえ、創さん。イチゴショートがないよ？」

リニューアルオープン前のとある日、安子は創が書きだしたメニュー表を見ながらそう言った。

「……………」

「もしかして、入れ忘れ？」

「いや、忘れてはいない。それでいいんだ」

それでいいと言われて、そうですかと引き下がれるような問題ではない。

「どうして？　ケーキ屋さんっていったら大定番じゃないの？」

「……………」

安子の言葉を無視し、創は立ち上がると安子に背を向け立ち去ろうとする。今までの創であれば、なんだかんだ言っても安子の言葉に耳を傾けてくれていた。それが、イチゴショートの話をした途端、厳しい態度を取り始めたのだ。

「でも……誕生日っていったら我が家はいつもイチゴショートだったのに……」

そんな安子の言葉にピタと足を止めると、創はぼそりと呟く。

「俺は……俺が作りたいケーキを作る」

「でも！」

「まあまあ、安子さん。ケーキのラインナップは創さんに任せようよ」

そんなやり取りが何度もあり、今に至っている。確かに引っ越し前のシェ・ヒロノにも置いてなかった記憶がある。なんでそこまでイチゴショートを作ることを嫌がるのか。結局、いまだに理由は分からないままだった。

「引っ越ししたと伺いましたので、もしかしたらと思って来たのですが……」

安子の目の前にいる女性客は、心底残念といった様子でそう言った。

「申し訳ありません。当面並ぶことはないと思います……」

安子としては、定番メニューとして並べておきたい商品の筆頭だ。そんな商品がないことで、こうして謝らないといけないことは辛かった。

「いえ、いいのですよ。以前からそうだったことは知ってますから。では……ここにあるすべてのケーキを二つずついただけるかしら？」

この女性客はそのままなにも買わずに帰ってしまうのだろう。そう考えていた安子にとって、信じられない言葉が飛び出してきた。数えてみれば、ショーケースに並んでいるケーキは十種類。それが二個ずつということは、合計二十個だ。安子は思わぬ大量注文に目を輝かせる。

「あ、はい！　ありがとうございます！」

閉店後。バックヤードの小さな休憩スペースで、売れ残りのケーキを囲みながら三人が会話をしている。リニューアルオープン後からの定番となった反省会だ。

結局、今日も十数個のケーキが残ってしまった。幸福堂では「ケーキの格」を落とさないため、閉店間際の値引き販売は行っていない。だから残ったケーキの一部はこうして反省会で消費されている。

「今日はね、日向君がお昼休憩に行ってる間に、二十個もまとめ買いしてくれたお客さんがいたんだよ」

普段、創は店頭に立っていないため、その日にあった出来事を安子が報告する。

「そういう客は大切にしないとな」

売れ残りのケーキに向けてしかめっ面をしていた創の表情が、一気にほころぶ。

「うん、もちろん！　でもね……」

「でも、なんだ？」

「イチゴショートがないこと、残念がってたよ」

イチゴショートという単語を聞いた瞬間、創はあからさまに不機嫌そうな表情を作る。

相変わらず触れてはいけない話題のようだ。これ以上この話をしても場の雰囲気が悪くなるだけだ。だから安子はここで話を切り上げる。

「ま、そういうお客さんがいたってことで」

「で、その後はどうだった？」

「それからはさっぱりだった。イートインも一人しか使ってくれなかったし、ずっと暇だったよ」

テーブルの上に並んでいるケーキがその証だ。安子はその中からレアチーズタルトを手に取ると、自分の皿へと置く。創の作るレアチーズタルト。それは表面はつるっとした光沢をもつクリーム色一色だが、以前安子が試食したクグロフと同様、中には細かく刻まれたドライフルーツが散りばめられている。断面が宝石を散らしたように見えるから、これを見るだけで安子は幸せな気分になれる。

「安子さん。それ、何個目？」

「えっと……四つ目かな？」

「廃棄はもったいないことだけど、食べすぎもよくないよ」

「えー、でも美味しいから……」

ついつい食べ過ぎてしまう。毎日この反省会が終わる頃には満腹になるくらいだ。だから、安子にとってケーキがほぼ夕食代わりと言っても過言ではない。

「では、いただきます」

安子はレアチーズタルトを小さくフォークに取る。深い青紫、ルビーレッド、ピンクといったベリー系を主体としたドライフルーツが相変わらず美しい。

一口食べてみればタルト生地の、場所によってしっとりと、そしてさっくりとした食感が。それと同時にひんやり、さっぱりとしたレアチーズの風味が口に広がる。それから一歩遅れてやって来たのは、ドライフルーツの甘みだ。いや、甘みだけでなく、クランベリーの爽やかな酸味が時間差で口いっぱいに広がる。

そんなレアチーズ本体が美味しいのはもちろんだが、このケーキの決め手は、香ばしさと絶妙な塩加減のタルト生地だと安子は感じている。

「うーん、美味しい！」

「あはは、安子さんは本当に美味しそうに食べてくれるね」

創もまんざらではない表情で安子の様子を眺めている。そんなレアチーズタルトは、あっという間に安子の胃袋に納まってしまった。

「ふぅ、美味しかった」

安子はお茶を一口飲むとほっと一息つく。

「他に変わったことはなかったか？」

「あ、そうそう。さっき話してたイートインのお客さんがね、食べながら読んでた本を買ってくれたんだ」

リニューアルの目玉として、商品として並んでいる本を、立ち読みならぬ「座り読み」できるようにした。漫画ではない本を読もうとすると、二時間はかかる。途中で時間切れになったものの、続きが気になったのだろう。目論見通り読んでいた本を買ってくれる客が現れたことは、安子にとって大きな収穫だった。

劇的な売上はまだ記録していないが、一歩ずつ確実に前に進んでいる。安子はそう感じるのだった。


そして翌日の午後のこと。

「いらっしゃいませ！」

「あの……」

幸福堂に若いショートボブの女性客が来店した。見覚えがある。三日ほど前のティータイムに、イートインを使ってくれた客だ。

「ケーキの予約をしたいんですけど、いいですか？」

リニューアルオープンしてから初めての、待望の予約客だった。とはいえ手放しで喜ぶことはできない。それはイチゴショートだったら、断らないといけないからだ。

「はい！　もちろんです。ちなみに……ご予約のケーキは決まっていますか？」

「レアチーズタルト、ホールでお願いできますか？　この間食べたらすっごくおいしかったから」

不安が杞憂で終わったことで、安子は胸をなでおろす。店頭に並んでいるケーキであれば、創はなんでも作ってくれる。レアチーズタルトはレギュラーメニューだから、まったく問題はない。

「はい、承知しました」

「よかった。あと……ロウソクは一本で、Happy Anniversaryって文字を入れてください」

初めての予約注文は定番の誕生日ケーキではなく、なにかの記念日のようだ。安子は客から聞いた内容を予約票に記載していく。この用紙を使うのも初めてだ。嬉しくてついつい口元が緩んでしまう。

「もしよろしければ教えていただきたいのですが、どのような記念日なんですか？」

「一周年の結婚記念日なんです」

「そうなんですね。それは、おめでとうございます！」

安子に促され、女性ははにかみながら名前や連絡先を予約票へ書き込む。氏名の欄には「三岩志保」と書かれていた。

そして引き渡し日となる九月七日、志保は予定通りケーキを持ち帰った。

事件は翌日の朝に起きた。最近増えた摂取カロリーを消化するため、安子が近所を散歩している時のことだった。

「あれ……？」

とあるゴミ捨て場に差し掛かった時、積み上げられた半透明のゴミ袋越しに、気になるシルエットが見えた。

「まさか……いや、そんな訳ないよね……」

他人のゴミ袋を開けるのはどうかと思いつつも、気になって仕方がなかった安子は、縛られていたゴミ袋の結び目をほどく。開けた瞬間漂って来た、夏独特の生ゴミの臭気に顔をしかめる。

安子は息を止めると、もう一度袋の中を覗く。そこにあったもの。それは、一口も手を付けられていないであろう、潰れたレアチーズタルトだった。コーヒーの出がらしなど、他の生ゴミにまみれて見るも無残な姿になっていたが、まぎれもなく昨日、予約販売したケーキだ。「HappyAnniversary」と書かれたチョコレートプレートもついているから間違いない。

「なんで、どうして……」

安子は声にならないような声を出すと、しばらくその場に呆然と立ちすくむのだった。

店に戻ると、まだ早い時間にもかかわらず日向と創は既に出勤していた。二人の顔を見た瞬間、ついさっき見たばかりの光景が脳裏によみがえる。このことを二人に話すべきか否か、安子は悩む。しかし、この事実を知ってしまったら絶対に悲しむだろう——特に創は。だから、安子は自分の心にしまっておくことにした。

しかし、捨てられたケーキの姿が安子の心を支配してしまった。可哀そうなケーキ。どうしてあんな目に遭ってしまったのだろう。持ち帰ってから今朝までの間にどんなことが起きてしまったのか……。そんなことを考え続けていたため、仕事は上の空。だから安子はとうとうミスをしてしまった。

「きゃっ」

イートインコーナーのテーブルを片付けている時、手が滑りグラスを落としてしまった。

ガシャンという音を立てて、割れたガラスが床に散らばる。幸い店内に客はいなかったため人に迷惑をかけることはなかったが、その音を聞いた日向が慌てて駆けつけて来た。

「安子さん、大丈夫？」

「うん。大丈夫。それよりごめんなさい……割っちゃった」

このグラスは、リニューアルオープンに合わせて新調したものだ。創のケーキを引き立てるためにと選んだ、彫りの入った少々高めのグラスだ。数の余裕は、ほとんどない。

「ケガはしてない？」

「うん……」

「ケガがなかったらそれでいいよ。安子さん、体調悪かったら休んでもいいんだよ」

「ありがと。体調は悪くないんだ」

「でも、今日は朝からおかしいよ。ずっと気もそぞろっていうか、心ここにあらずって感じだったよ」

そこまで表に出ていたとは思わなかった。これはもう、一人で抱え込むのは限界だ。そう悟った安子は割れたグラスへ視線を落としたまま、ポツポツと話し始める。

「実はね――」

安子は日向へ今朝見た光景を伝えた。あの見るも無残な姿になってしまったレアチーズタルトのことを。

「そんなことがあったんだ……」

「創さんがせっかく作ってくれたのに、食べてもらえなかったケーキのことを考えたら可哀そうで仕方なかったの……」

「そっか。安子さんは優しいね」

　ポンと日向の右手が安子の左肩に置かれた。じんわりと手の温もりが伝わって来る。顔を上げてみれば、太陽のようにぽかぽかと暖かな表情をした日向と視線が合う。

「なんで、あんなことになっちゃったんだろう……」

「僕もすごく気になるよ……。でもさ、僕たちがここであれこれ考えても真実は分からないと思うんだ。すぐに忘れるなんてできないかもしれないけど、考えすぎるのも体に毒だよ。どうしてもって時は、また僕に話してくれればいいからさ」

　確かに日向の言う通りだ。志保に電話をして「なんで捨てたんですか?」などと聞くことなんて、できる訳もない。それでも日向に話せただけで、少しはすっきりできた。やはり重たい事実を一人で抱え込むのはよくなかった。

「日向君、このことなんだけどさ——」

「もちろん、創さんには内緒にしておこうね」

　日向も安子と同じ考えのようだ。こうして事件のことは、二人の秘密となった。

　とはいえ、キッチンで黙々と件のレアチーズタルトを作っている創の姿を見てしまうと、安子は心に痛みを感じた。このケーキは安子が取り寄せた本『甘味歴史大全』があって、初めてバージョンアップに成功したと聞いている。なにが参考になったのかは教えてもらえていないが、それでも安子が関わった末に生まれたことに変わりはない。だから安子の思い入れも強い。

「どうした?」

安子の視線を感じた創は、手の動きを止めると振り返る。今日はうまく作業が進んでいるようで、顔に険しさが感じられない。

「ううん、なんでもない。今日のレアチーズタルトもおいしそうだね」

「当たり前だろ。俺が作ってるんだぞ」

創は一瞬だけ得意げな表情を作ると、また作業へと戻る。安子はそんな創の背中を見続ける。こうやって真剣にケーキを作っている創の姿は、見惚れるくらいカッコいい。それがもしも創があの事件のことを知ってしまったら、どうなってしまうのだろうか。二度とこのケーキを作ってくれなくなるのかもしれない。

――イチゴショートのように。

だから尚更、あんなことを話すことはできなかった。

事態は三日後の午後四時頃に再び動き出した。

なんと、志保が再び店へやって来たのだ。

「いらっしゃいませ⁉」

想定外の来店に動揺を隠しきれなかった安子は、上ずった声で志保を迎えた。

「こんにちは。この前はありがとうございました。記念日のケーキ、すっごく美味しかったですよ」

志保は笑顔でそう言うと、ふんわりした髪を揺らしながらイートインコーナーへ直行する。その素振りからは、ケーキを丸ごと捨てたことなど微塵も感じられなかった。もしかして、安子の勘違いだったのか。――いや、「Happy Anniversary」という文字は、安子が三回も失敗して創に怒られながら書いたものだから間違えるはずもない。

「僕が対応するね」

安子に気を遣ってくれたのだろう。そう言ってくれた日向を手で制し、安子は「私が行く」と言った。少しでも事件の原因に近づきたかったからだ。

「ご注文はお決まりですか？」

「今日もレアチーズタルトが食べたいな。まだ残ってます？」

「はい……ありますよ。ドリンクセットにするとお得ですが、いかがなさいますか？」

「えぇっと、温かい紅茶でお願いします」

安子は注文を伝票に書き込むと、カウンターに戻る。

「注文、レアチーズタルトだった」

「なんでまた捨てたケーキを食べに？」

「ぜんぜん分かんない」

日向とヒソヒソ声で話をしつつ、安子はショーケースの中からケーキを取り出す。

それにしても捨てた理由、そして今日、再び食べに来た理由はなんなのか。あの日は結婚記念日と言っていたから、なんらかの理由で夫と喧嘩の末、捨てられてしまった可能性は十分に考えられる。ということは、食べられなかった悲しさを癒すために店に食べに来たのだろうか。逆に、志保が捨ててしまったという可能性は？　安子の中で様々な推理が膨らんでいく。

「じゃあ、僕はドリンク作って来るから」

安子は厨房へと向かった日向の背中を見送る。イートインで提供するケーキは入口側にあるショーケースから。ドリンクは創のいる厨房で作っている。動線が少々悪いが、削れる経費は削ったため仕方ない。いずれはカウンター内でドリンクも作れるよう、改装費を稼げばいいのだ。

ドリンクが揃うと安子は志保のもとへ向かう。志保はちょうど売場から一冊の本を選んで席に戻ったところだった。タイトルを覗き見してみれば、それは掃除や片付けのコツなどについて書かれた、実用書といわれるジャンルのものだった。

「お待たせしました。レアチーズタルトと紅茶のセットです」

安子はケーキの皿とティーカップ、それに茶葉とお湯が満たされたガラスのティーポットをテーブルに並べた。そして最後に、砂が途中まで落ちた砂時計を添える。

「わあ、やっぱりきれい……」

志保はケーキを見ると感嘆の声を漏らす。可愛らしい見た目はもちろんのこと、味も折り紙付きだ。

「今日も美味しくできてますよ。紅茶は砂時計がすべて落ちてからお召し上がりください。ではごゆっくり」

安子は含みのある言葉を残すと、カウンターへ戻る。そして作業をしているふりをしながら、志保の様子を窺う。今のところ、フォークが勢いよく皿と口の間を往復しているものの、表情に変化はない。無心に食べているようだ。

しかし、残り三分の一くらいになったところで、手の動きがピタと止まった。そして思いつめるように残ったケーキを見つめ始めた。しまいには、カウンターにまで届く大きなため息をつく。

「なにか思いつめてるのかなぁ」

ケーキがなくなると、志保は紅茶でちびちびと粘りながら本に目を通し始めた。水のサービスがてらタイトルを確認すると、テレビで活躍している著者が書いた『すごい家事』という本だった。この本はタイトル通り、掃除や洗濯などについてのノウハウが書かれたものだ。もちろん安子も読んだことはある。ただし読んだだけで満足して、特に行動を起こさなかったクチだ。

志保が落ち込んでいる原因は、この本の内容と繋がっているのだろうか。安子は他の仕事をしつつも、一ページ、また一ページとめくる志保の様子を観察する。

それから数十分が経過した。

「あ、いけない！　もうこんな時間」

そんな志保の声が聞こえたため時計を見ると、時刻は午後五時半を差していた。志保は慌てて本を棚に戻すと、会計をするためカウンターへやって来た。

「お会計、一〇八〇円です」

安子は価格を伝えると、財布から金を取り出している間に志保へ探りを入れる。

「頑固な汚れに悩まされてるんですか？」

「えっ？」

突然振られた質問に、志保は不思議そうな顔をする。

「家事の本を読んでいらっしゃいましたので。あの本、面白い洗剤の紹介がありますからね」

「ああ、見られてたんですね。お恥ずかしい。実は私、家事が得意ではなくて……」

主婦なら当たり前のことなのにと続けると、志保は目を伏せる。

「そんな苦手を克服しようとしてるんですね。苦手なままにする人がいる中で、こうやって勉強しようと思えるってことは、すごいことだと思いますよ」

安子はあの本を読んだのにもかかわらず、掃除は苦手なまま克服しようとしなかったのだから。

「ほんとですか？　そう言っていただけて嬉しいです」

志保は商品代ぴったりの現金をカウンターに置くと、言葉とは裏腹に憂いの残る顔を向け、店を後にするのだった。

◇

「ほんっと、信じられないね。そのお義母さん」

「でしょ！　安子さんもやっぱりそう思うよね！　もう毎日なんだよ、毎日。ネチネチ重箱の隅をつつくようなことばっかり言われて。夫は夫であっちの味方ばかりして、二言目には『お母さんがそう言ってた』って言うの」

「うわぁ……なにその旦那さん。気持ち悪っ」

そんな会話が繰り広げられているここは、居酒屋……ではなく、幸福堂だ。イートインコーナーで安子の斜め前に座っている会話の相手は、レアチーズタルト廃棄事件の容疑者、志保だ。

ここ最近、志保は数日おきに店にやって来るようになった。そして気が付けば、こうやって安子と飲み仲間のように話をするようになっていた。店員が客席に座っている光景に違和感がない訳ではないが、イートインの利用者が今のところ少ないため、日向からも黙認されている。

志保は安子の言葉に「でしょでしょ」と相槌を打つと、ビールのジョッキを呷るように紅茶のカップを傾ける。そんな紅茶の相手は、ガトーショコラだ。

「夫の誕生日には高級なお肉でも買ってあげようかなって、コツコツへそくり貯めてたのに、もう馬鹿らしくなっちゃって」

だからそのお金をこうして自分のために消費しているらしい。

「結婚する前は頼りがいあったのに、同居が失敗だったのかなぁ……」

そうぼやいた志保は、残り一切れとなったガトーショコラを口に放り込むと、言葉を続ける。

「でもね、私にも悪いところはあると思うの。夫の料理の好みとか掃除の仕方を未だに覚えてないところもあるから」

「そうなの？　料理が気に入らなかったら食べるなって言ってやればいいし、掃除なんて適当に、ちゃちゃっとやっちゃえばいいんじゃないの？」

おおざっぱな安子の言葉に、志保はブンブンと頭を振る。

「そんなのとんでもない！　三岩家には、しきたりが多いんだから」

「たとえば？」

「料理に惣菜や冷凍食品は使っちゃダメで、すべて手作りしないといけないの。でね、夜は必ず味噌汁を作らないといけないでしょ。こないだなんて、せっかくコンソメスープを作ったのに、お義母さんに全部捨てられちゃったんだから。夫が飲みたいって言うから作ったのに、『あの子は味噌汁しか飲みません』だって。なにそれって思いません？　それに、洗濯物は服の種類によって畳み方が決まってるし、食器を洗った後の置く場所まで決まってるの。昨日も『コップは緑じゃなくて青い水切りの中でしょ』って怒られちゃった」

「うわぁ……」

郷に入っては郷に従えという言葉はある。しかし、これは細かすぎるし、作った料理を捨てるなど言語道断だ。もしかしてこれは、しきたりではなくただの嫁いびりではないのだろうか。

——そしてケーキ廃棄事件も、この義母が原因ではないだろうか。

安子はそう感じ始めていた。

「それでもね、一年も経てば普通は学習できると思うんですよ。それがいつまで経っても覚えられていないから……私、できない主婦なんじゃないかなって……」

「そんなことないよ！　ね、日向君」

「え、僕？」

突然話を振られた日向は、安子を見たまま固まる。どう答えていいのか分からないらしい。

「男性から見てどう思う？　志保さんの旦那さんのこと」

「うーん……僕は結婚してないからよく分からないけど、好きで結婚したんだから、僕が旦那さんだったら奥さんの味方をするかな」

「だよねぇ」

安子と志保の声が重なった。

その日の閉店後。残り物のケーキを三人で囲みながら、安子は創に今日の出来事を話す。

「あのね、創さん。今日も志保さん来てくれたんだ」

「大丈夫なのか？　俺が言うのもなんだが、そんなに頻繁に来るような店でもないぞ」

「そうかな？」

創の作るケーキは良い材料を使い、手間も相当かけている。だから近くの同業者と比べると価格帯が高めではある。ただ、日によってラインナップも結構変わるため、スイーツ好きならば毎日だって来てもらえると安子は考えている。

「ま、それはさておき。志保さんちはさ、ちょっと家庭の事情が複雑そうで――」

安子は志保について、新たに判明した情報を話す。主に姑との関係だ。もちろん、廃棄事件のことは話さない。

「だから気を紛らわせるために、へそくりを使ってうちに来てくれてるんだって。気が落ち着く場所が外にしかないだなんて、可哀そうだよね」

「でもそいつは主婦なんだろ。だったら――」

創の言葉を聞きながら、安子は自分用にキープしてあったレアチーズタルトに手を伸ばす。タルト生地の仄かな塩味にレアチーズの爽やかな甘さは今日も健在だ。

「うーん、久しぶりのレアチーズタルト、おーいしーい！」

安子は恍惚の表情を浮かべながら頬に手を当てる。九月とはいえまだまだ暑い日も多いため、さっぱりとしたケーキがよく売れる。そのためこうして安子の口に納まるのは久しぶりなのだ。

「――おい……聞いてんのか、俺の話」

「あ、ごめん。創さんのケーキが美味しすぎて聞いてなかった」

創は頭痛がすると言わんばかりに頭に手を当てると、首を左右に振る。

「……結局はマザコン男とサボリ女、それに子離れしてない親、全員が悪いんだろ」

さらりと言った創の言葉は、辛らつだった。

「なんで志保さんまで悪くなっちゃうのさ」

そんな安子の言葉に、創の代わりに日向が答える。

「安子さんの感じてることは分からなくもないよ。でもさ、片方の言葉だけだと話を盛ったり歪曲することもあるからね。特に創さんは本人を見てないからそう思うんじゃないかな？　ねっ、創さん」

「お、おう」

確かに日向が言うことも一理ある。志保はああ言っているものの、それが真実か確かめるすべは今のところない。ただ、安子にはどう見てもあの天真爛漫という言葉が似合いそうな志保が、嘘をついているようには見えなかった。

「あ、でも……」

志保は安子に向かって既に嘘をついていた。それは、廃棄したにもかかわらずケーキが美味しかったと報告してきたことだ。ゴミ集積場を見なければ、それも真実だと信じていたに違いない。とはいえ、「捨てたよ」なんて報告ができる訳ない。安子に気を遣ったとうえでの嘘ということも十分にあり得る。

「どうした？」

「ううん、なんでもない」

「ま、百歩譲って女がサボリじゃなかったとして、解決策は夫婦が実家を出るってことしかないだろうな。結局、親なんて自分の都合のいいように息子をコントロールしたがるもんだ。親の拘束から逃れるには、逃げ出すしか方法はない」

「親ってそんなものなのかなぁ……」

「そんなものだ」

安子には両親にコントロールされたという記憶はない。もちろん「勉強をしなさい」といったことで叱られたことはあるが、それは教育だ。幸福堂を継いだのだって、安子たっての希望からだった。創は、どうしてそこまで言い切ることができるのだろうか。安子の心にモヤが残ったまま、この日の反省会は終わりを告げた。

◇

翌日の朝。今日も安子は日課である散歩をこなしていた。

もう九月も下旬となっている。凶悪な太陽は鳴りを潜め、朝晩は涼しさを感じられるようになってきた。気持ち良い風が、早歩きで火照った安子の頬をくすぐる。

散歩のコースはいつも決まっている。自宅から駅へは背を向けて、大きめの公園へ向かう道だ。途中、小さな河川敷を通る。始めたばかりの頃は、あれこれ違う道を試していたが、このコースが一番気持ちがよかったため今はこのルートに固定されている。

そんな散歩コースを一時間ほど歩いて、自宅まであと十分くらいの場所まで来た時。安子はとある交差点で立ち止まった。

「そういえばこの道の先に……」

安子はいつもと違うルートへ視線を向ける。家に帰るにはこの左の道を通った方が早い。しかし少し前からこの道は避けていた。例のゴミ集積場がこの先にあるからだ。現場を見たらきっと悲しい思い出がよみがえる。そう思っていた。

でも、今日は違う。昨夜、創と話をして志保の家庭環境が気になったからだ。創はサボり女呼ばわりをしていたが、やはり安子には志保がそんな人には見えなかった。なにか志保の名誉に繋がるヒントが見つからないか。そう考えた安子は、いつもと違う道を歩く決意をする。

「よしっ」

安子は帽子を目深にかぶりなおすと、道を左に曲がる。一戸建てが所狭しと立ち並ぶ住宅街の一角にある現場へは、二分ほどで到着した。今日はゴミ捨ての日ではないため、集積場にはなにも置かれていなかった。安子は周辺を見回す。この近くに建っている一戸建てのどれかが、志保の家ということになる。

家は簡単に見つかった。集積場の二軒隣に、「三岩」と書かれた表札が見つかったからだ。安子は不審人物にならない程度にゆっくりと歩きながら家の様子を窺う。青色の瓦屋根に、昭和の趣が漂う横開きの玄関。築年数は三十年、いや、四十年は経っているだろうか。

この家の中でどんなことが起きた結果、ケーキはあのような姿になってしまったのだろう。そう考えている時だった。視線の先にあった玄関が、カラカラと音を立てて開く。

「‼」

安子は慌てて家の前から離れると、すぐ近くの十字路を曲がり身を隠す。息をひそめていると、大きなバッグを手にした五十過ぎだろうという女と、スーツを着た若い男の姿が視界に入った。見た目はどこにでもいるおばちゃんとサラリーマンという風体だ。きっとこの人が志保の言う「お義母さん」と夫に違いない。

そんな二人が肩を並べて楽しそうに会話をしながら駅方面へと歩いて行く。肩が時おり触れあう距離で歩く二人は、年齢差を除けばまるで恋人のようにも見える。そんな二人を安子はつかず離れずの距離で追跡する。

残念ながら、適度な距離を保つと会話の中身までは聞き取ることはできなかった。それでも、非常に仲が良いということを疑う余地はなかった。最終的に二人は幸福堂の前を通過し、駅へと吸い込まれて行った。

「あのね、志保さん。この小説もお薦めだよ」

「え、どんなお話なの？」

それからも志保は二、三日に一度のペースで幸福堂を訪れていた。新たに小説好きということも判明し、安子との距離はさらに縮まっている。

「――って話なんだけど、実はその殺人犯がね……。あ、そこから先は言っちゃうとまずいかな」

「うう、そんなご無体な……」

「でね。この本なんだけど、在庫がこの一冊しかないんだ。次に来た時にはもうないかもしれないよ。どうする？」

時刻は午後五時を過ぎている。そろそろ志保は帰らないといけない時間だ。また次に来た時にケーキを食べながら読むこともできるが、残り一冊だと売れてしまう可能性もある。

「どうしよう……」

　志保は小説を手に取るとうーんと唸る。普段からケーキ代に結構な消費をしているため、懐事情が厳しいのかもしれない。そんな志保に無理な出費を強いるのは心苦しい。だから安子は別の提案をする。

「よかったら次回まで――」

「こんなとこにいたのか！」

　安子の「取り置きしておこうか」という言葉は、突如店内に響いた男の声で遮られた。声の元へ視線をやってみれば、見覚えのある顔がそこにはあった。

「高志さん、なんでここに……」

　安子の隣で志保はそうつぶやくと、顔を伏せてしまった。

　高志と呼ばれた男はツカツカと二人のもとへやって来た。顔が真っ赤だ。頭の中は完全に沸き上がり、まるでモクモクと湯気を立てているように見える。かなりご立腹のようだ。これからなにが起きようとしているのか。安子の胸の鼓動は否が応でも高まる。

　高志はそんな安子には目もくれず志保を見下ろすと、再び声を上げる。

「捜したぞ！　家のことも碌にできないやつが、優雅にお茶とはいいご身分だな！」

　志保は恐るおそる顔を上げると、小さな声で言葉を返す。

「やることはちゃんとやってるよ。今日だってもう、晩ご飯の下ごしらえだってしてあるし」

「ならなんで昼飯の用意がなかったんだ。今日は半休って言ってただろ！」

ハッとした表情を浮かべる志保。どうやらそのことは記憶になかったようだ。そんなタイミングで日向がやって来てくれた。

「あの、お店で大きな声は――」

「お前らは関係ないだろ！」

関係ないことなどまったくない。あなたとあなたの母親のことを毎回のように聞いてきたのだ。だから聞きたいことは山ほどある。ただ、どう考えても質問ができる雰囲気ではなかった。

「志保、帰るぞ」

高志は志保の手をつかむと無理やり引っ張り上げる。

「あ、あの、落ち着いてお話を……」

そう言った安子の顔をギロリと睨むだけで、高志は志保の手を引っ張り店から出て行ってしまった。店を出る間際、志保は儚げな目で安子を見た。なにか訴えかけているようだ。しかし、この状況で安子にできることは、なにもなかった。

「行っちゃった……」

ガラス越しに追っていた二人の姿は、あっという間に見えなくなった。

「なにがあったんだ？」

そう言ったのは創だ。騒ぎを聞き、慌てて作業を中断して来てくれたのだろう。

「あのね、例のよく来てくれてるお客さんなんだけど、旦那さんが来たの」

「理由は？」

「『昼飯の用意がなかった』だって」

改めて声に出してみると、実にくだらない理由だ。

「ほら見ろ。やっぱりサボリ女だったんだろ」

「そんなの、一食くらい作ってもらえなくたって、カップラーメンでもコンビニ弁当でも買って食べればいいのに」

「連れ帰りに来たってことは、その夫婦にはなにかルールでもあったんだろう。で、それを破ったから怒ってたんじゃないのか？」

「…………」

二人のやり取りを見ていた安子は、創の言葉を否定することはできなかった。確かに、今日の志保は夫である高志のスケジュールを忘れていた。高志もそのことに対して怒っている様子だった。

「これ以上、面倒ごとに首を突っ込まない方がいいぞ。沸点の低い男っぽいから、逆恨みでもされて暴れられたら、守ってやれないこともあるんだからな」

「……うん。分かったよ」

その後、志保の姿を見ることはなくなった。朝の散歩コースも、再びあの場所は通らないようにした。高志に顔を知られてしまった以上、ばったりとでも出くわしたら気まずいからだ。

あの日。志保は連れ戻されたあと、どうなってしまったのか。創の言う通り高志は沸点が低そうだから、暴力を振るわれていなければいいのだけど……。気になって仕方のなかった安子は、予約票に書かれた電話番号に何度も電話をしようとした。でも、そのたびに創の「これ以上、面倒ごとに首を突っ込まない方がいいぞ」という言葉を思い出し、電話から手を放す日が続いていた。

そんな毎日に変化が訪れたのは二週間後。十月上旬の閉店間際だった。

「いらっしゃい……ませ⁉」

店にやって来たのは、なんと高志だった。高志はカウンターにいる日向には目もくれず、テーブルを拭いていた安子のもとへ一直線に向かってきた。以前とは違い怒ってはいないが、なにか焦っている様子だ。

「うちの妻は来て……ないみたいだな」

「はい。あれ以来、一度もお見かけしていませんが」

「そうか……」

「どうされたんですか？」

そんな安子の言葉を聞くや否や、土気色だった高志の顔が急に赤みを帯びる。

「どうしたもなにも……お前が……お前が志保に余計なことを吹き込んだせいで！」

高志が激高したことで、思わず安子は高志から視線を逸らす。次にどのような行動をとられるのか。そう考えるだけで、全身が石のように硬直してしまう。

しかし、何秒経っても高志に動きはなかった。恐るおそる高志へ視線を戻すと、その目は安子の肩越しに店の奥を向いていた。振り返ってみると、キッチンから出てきた創がツカツカとやって来るところだった。創は安子と高志の間に体をねじ込ませると、高志を威圧するように睨む。

「客じゃないなら帰れ」

「俺はこの女に用があるんだ、ほっといてくれ！」

「何度も言わせるな。客じゃないなら帰れ」

静かにドスを利かせてそう言った創の迫力に、高志は一歩、そしてまた一歩後ずさりをする。ガタンと音を立てて椅子にぶつかると、回れ右をして早足で出口へと向かう。しかし、そんな高志を日向が呼び止める。

「ちょっと待ってください！」

「な、なんだ」

「先日の奥さんの飲食代、まだいただいてなかったのですが」

高志は舌打ちをすると財布から千円札を一枚取り出す。それを日向に押し付けるように渡すと、逃げ出すように店を出て行った。店のドアがパタンと閉まったことで、安子はようやく緊張から解放される。

「創さん、ありがと」

「これくらい別に」

何事もなかったかのようにそう言うと、創はキッチンへ戻って行った。

「日向君もありがとね、お金回収してくれて」

「僕らの命の糧だからね。とはいっても消費税分は回収しそびれちゃったけど」

「あはは。もうそれは諦めよ」

こうして目先のバタバタは去ったものの、安子の顔は晴れない。それは高志の言った「お前が志保に余計なことを吹き込んだせいで」という言葉が頭から抜けなかったからだ。

安子にそんなつもりは全くなかったが、もしかしたら自分のせいで他人の家庭を壊してしまったのかもしれない。そう考えると、落ち着いてなどいられなかった。

「ねえ、日向君」

「どうしたの？　安子さん」

「私が志保さんの家庭を壊しちゃったのかな？」

「なんでそう思うの？」

「だって……旦那さんのことを甲斐性なしとかマザコン夫って言っちゃったし、志保さんがしてることを全面的に応援しちゃったから……」

「結果がどうなるかまだ決まった訳じゃないし、安子さんと一緒にいて志保さんは楽しそうだったよ。もともと家庭環境は複雑だったみたいだから、安子さんが関わらなかったとしても、いずれこうなった可能性だってあるんだし。気にしなくていいよ」

日向が優しくそう言ってくれたものの、それからも安子の頭から志保のことが離れることはなかった。

◇

高志が再び店にやって来たのは、それからさらに二日後。日曜日の午前だった。日向はすぐさま警戒態勢に入る。

「安子さん、追い返すよ」

「…………いや、待って。なんか様子が違うから」

高志は、ボサボサの頭に隈の浮いた目、まさに憔悴しきったという雰囲気を帯びていた。だから安子は思わずこう尋ねる。

「どうしちゃったんですか？」

高志は力なく「はは……」と笑うと、言葉を続ける。

「お恥ずかしい話なのですが……妻が実家に帰ってしまって……。なんとか連れ戻そうと迎えに行っても門前払いで。もう、どう説得していいものか分からなくて……。妻と仲のいいあなたなら、連れ戻すヒントが分かるんじゃないかなと思って、恥を忍んで来た次第です」

そう言うと高志は安子へ頭を下げる。言葉遣いも態度も以前とは全然違った。

「そうでしたか。では、じっくりお話を伺いましょうか」

安子は低い声でそう言うと、高志をイートインスペースに案内する。席に着くと、日向が氷の入った水を持ってきてくれた。幸福堂の水には、レモンが少量含まれている。喉が渇いていたのだろう、高志はその水を一気に口へと流し込んだ。

「さて。志保さんはいつ出て行っちゃったんですか？」

「僕が前回この店に来た日です……」

安子は高志が焦った様子で来店した時のことを思い出す。高志は志保が幸福堂で油を売っていると疑って来たが、その頃には志保は実家に帰っていたということだ。

「どうしてそうなったか分かりますか？」

高志は腕を組み考え込む。

「……やっぱり、ここで食べてたのを無理やり連れて帰ったからでしょうか」

「確かに、あれはちょっと強引でしたね」

怒鳴りこまなくても、もっと穏便に話を進めることだってできたはずだ。

「でもあの日のことは、こちらにも言い分があるんです。仕事が半休でせっかく久しぶりに二人で時間を過ごせるって楽しみにしてたのに、家に帰ったら誰もいなくて心配したんです……」

それは当日にも聞いた話だ。事前に早く帰って来ると志保に伝えていたならば、これは志保にも責のあることだ。

「で、連れて帰った後は？」

「そりゃ、しっかりと説教しましたよ。僕に心配をかけさせた訳ですから」

心配と不安から志保のことを捜し始めたものの、夕方になる頃にはその感情は怒りに変換されていたようだ。

「それがきっかけで出て行ってしまったと」

「僕はそう思ってます。その日から口を利いてくれなくなりましたから」

そうは言ったものの、高志は志保と二人の時間が取れることを楽しみにしていた。志保も結婚記念日をきっかけにお互いの関係を修復しようとしていた。だから二人の関係は、まだなんとかなる余地はありそうだ。しかし、関係を改善するにはどうしても引っかかることがあった。それは、このトラブルが志保と高志二人だけの問題ではないということだ。

「それで、あなたのお母さんは志保さんが出て行ったことに対して、なんて言ってるんですか？」

「え、どうして母のことを？　……いや、知ってて当然ですよね。母は早く連れ戻せと言ってます。今、志保の代わりに家事をしてるのは母ですからね。働きながらは大変みたいです」

　母に関することは思うところが多いようで、それからも高志の口からは水が流れるようにどんどん言葉が出てきた。

「志保はいつまで経っても母みたいに家事ができないんですよ。だから母もいつも困ってたんです。それなのに小説なんて読んでさぼって、挙句の果てはケーキで贅沢なんかして。そんな暇があったら、少しでも家事をすればいいのに。そう思いません？　志保は専業主婦なんですよ」

　高志の言葉からして、志保が言っていた愚痴はほぼ真実だったという訳だ。

「はあぁ……」

　安子は特大のため息をついた。この男、自分がなにをしているのか全然分かっていない。

これはしっかりと灸をすえなければならない。

「僕、なにか変なこと言いました？」

「十二分に言ってます。さっきから口を開けば『母』のことばっかり。これじゃ志保さんが出て行っちゃったのも納得ですよ」

我慢して我慢して、そんな日々の小さな積み重ねが爆発しただけだ。引き金を引いたのは連れ戻した日の出来事かもしれないが、それまでにしっかりとその準備はなされてきたのだ。

「あなたはなんで結婚したの？」

「そりゃ……志保のことが好きで、一緒に家庭を築きたいと思ったから」

「で、結婚後にあなたがしてることは、志保さんとの家庭を築くことではなくて、志保さんをお母さんのコピーにしてるようにしか見えないんですけど？」

「でも言ってることは常識ばかりですよ⁉　常識を知らないあいつの育ちの悪さが原因なのでは」

いらだちを隠せなくなってきた高志は、右足を小刻みに揺らし始めた。

「そう、それ。あなたが振りかざしてる『常識』ってやつ。これほど当てにならない言葉もないですよ？　我が家は毎週一回しか掃除をやってないけど、それが我が家の常識です。あ、もちろんお店は毎日掃除してますよ。とにかく常識なんて人それぞれ全然違うんだから、自分にしか通用しない常識なんて尺度で人を許らないでください。それなのに姑さんからはネチネチ注意を受け、愛する旦那さんは自分のことをかばってくれないどころか姑さんの味方をする。ってことはだよ、志保さんにとって家には誰も味方がいないことになるんだよ。そんなところにいたいと思う？　好きで結婚したんでしょ。どうして志保さんの味方をしてあげられないの？　守ってあげられないの？」

語気は強く、早口に安子はまくし立てた。

「それはアイツがなにもできないからだろ！」

高志は右手をバン！　とテーブルに叩きつける。

「そう、それもダメ。そうやってすぐ熱くなるから、志保さんに、もうこの人と話をしても無駄だと思われてるんですよ。家でもいつもそうしてたんじゃないですか？」

「煩い！」

高志は両手をテーブルにつき身を乗り出すと、血の上った顔で安子を威圧する。しまった。あまりのダメさ加減につい煽りすぎてしまった。どうしよう。安子がそう焦っていると、お盆を手にした日向がテーブルへやって来た。

「新しいお水です。どうぞ」

「あ、ああ……」

ナイスタイミングで日向が入ってくれたことで、高志は落ち着きを取り戻す。キッチンへ視線をやってみれば、心配してくれているのだろう。創の姿が見えた。そんな創に向かって「大丈夫」という意味を込めて頷くと、再び高志へ視線を戻す。

「それでも志保さんはね、いいお嫁さんになれるようにって頑張ってたんですよ。うちに来た時にどんな本を読んでたか知ってます？　掃除や料理の本を読んでたんですよ。私は志保さんがどの程度の家事スキルを持ってるかは知らないけど、話しぶりからして、からっきしできなかったようには見えなかったです」

「それは……」

「お母さんの話だけじゃなくて、志保さんの話を聞いてあげたことはあるんですか？」

安子は志保から聞いたエピソードの中から、いくつかを高志へ話す。もちろん、高志のために作ったコンソメスープを捨てられて、味噌汁に作り直させられた話もした。

「嘘だ。そんなこと……」

安子から聞いた話は高志にとって衝撃的だったようだ。高志は口をつぐむと俯く。

「私は志保さんの話しか聞いていません。正直、どの話が事実かも分かりません。でも最低限、志保さんが悲しんでいるということだけは分かります。どうしてそんな状況になってしまったのか。あなたなら誰の話が真実か追及することは可能ですよね。お母さんだけでなく、志保さんともしっかり話をしてあげてください」

「でも……」

「でも、なんですか？」

「話をしようにも電話は出ないし、実家に行っても顔を出してくれないから」

「はぁ……情けない……」

安子はため息を落としてから席を立つと、レアチーズタルト二つを箱に入れ、高志へ渡す。

「これを持って謝りに行きなさい」

「これは……」

「レアチーズタルトです。志保さん、いつも美味しそうに食べてましたよ」

「レアチーズ、僕も好きなケーキです……。でも、母がチーズ嫌いだからこの前、これがもとで喧嘩になってしまって……」

思いがけず高志の口から、レアチーズタルト廃棄事件に繋がる言葉が出てきた。これは真相を追究するまたとないチャンスだ。だから安子はこう質問する。

「それでそのケーキは？」

どうなったのだろうか。

ゴクリと生唾を飲み、高志の言葉を待つ安子。

「――こんなもの見たくもないって、母が生ゴミと一緒に捨てちゃいました」

ついに事件の真相が解明された。大方予想していた答えだったため、驚きはなかった。

だけど、こうして当事者から言葉で知らされてしまうと、悲しさ、寂しさ、怒りといった様々な感情が込みあげて来る。安子はそれらの感情を必死に抑える。そうやって自分の感情と戦っていると、今度は涙がこぼれそうになってきた。

もうこれ以上、高志と話をすることはない。だから安子は「ほら、さっさと行ってらっしゃい」と言い、ケーキの箱を押し付ける。

「あの……お代は？」

「いいからさっさと行きなさい！」

高志は安子に押し出されるように店を出て行った。そしてドアが閉まり、高志の姿が見えなくなると――

「あのダメ男のせいで！　せっかくのケーキが‼」

安子は猛烈に怒り始める。さっきまで無理やり抑え込んでいた感情が、堰を切ったようにあふれ出してきた。

「まあまあ、安子さん落ち着いて」

「落ち着いてなんかいられないよ！　あのマザコン男がもっと親に意見できてたら、創さんが作ってくれたレアチーズタルトがあんな目に遭うことも――――ん？」

ウガウガと吠えていた安子の口に、突然なにかが放り込まれた。ほのかに甘みを感じる。

そのまま咀嚼してみれば、サクリと軽い食感の後、花畑のような香りが口いっぱいに広がった。遅れて、しつこくない甘みのクリームが舌を優しく包み込む。鎮静効果でもあるのだろうか、安子の心は一瞬にして落ち着きを取り戻すのだった。

「試作のマカロン。どうだ?」

いつの間にか隣にいた創が、安子の顔を覗き込みながらそう言った。

「……なにこれ? こんなマカロン、食べたことないよ!」

「だろ? かなり失敗を重ねて、ようやくの完成だからな」

至近距離にある創の顔から、ニカッと笑みがこぼれた。今までに見たことのない、まぶしいくらいの笑顔だ。安子の頬は、ほんのりと熱を帯びる。しかし残念なことに、その笑顔は次の瞬間には真顔に戻ってしまった。

「で、せっかくの俺が作ったレアチーズタルトがどうしたんだ?」

安子の心臓が、ドクンと跳ね上がった。しまった! 怒りに任せて吠えてしまったため、余計なことを創に聞かれてしまった。慌てて口を押え、ギギギッとブリキのおもちゃのように首を動かし日向と顔を見合わせる安子。このまま言ってしまった方がいいのか。無理やりにでもごまかした方がいいのか。日向に目配せをすると、「言おう」という言葉が返ってきた。だから安子も決意する。

「実はね——」

安子はできるだけオブラートに包みつつ、志保と高志の間にあったことを説明する。しかし、いや想像通り、その話を聞いた創の顔は、みるみる茹でダコのように熱くなっていった。

「あのクソ男‼」

創の気迫に安子は思わず後ずさりする。やはり無理やりにでもごまかして、真実など言わなければよかった。そう後悔した時、日向が創の手にあったマカロンを一つ取ると、創の口に放り込んだ。創は一瞬だけハッとした表情を浮かべると、黙って口を動かす。

「……うん、美味い」

あっという間に落ち着きを取り戻すのだった。

それから数日後。

「引っ越しして、二人で暮らすことになりました」

そう言って現れたのは、志保と高志だった。恥ずかしそうに夫の腕をとるその姿は、まるで新婚ホヤホヤのようだ。その報告を聞いた安子は、満面の笑みを浮かべる。

「よかったぁ。私のせいで二人が離れることになっちゃったかもって、心配してたんだから」

「そんなこと全然ないよ！　ね、高志さん」

「うん。感謝こそしても、あなたのせいにすることは絶対にないです」

「よかった。じゃあ、あの日にちゃんと話ができたんですね」

あの日とは、安子が高志にケーキを持たせて、謝りに行きなさいと言った日のことだ。

「実はその日も追い返そうと思ったんだけどね、高志さんが幸福堂さんのレアチーズタルトを持ってるって言うから、追い返せなかったの。もう三週間くらいご無沙汰だったから……食欲には勝てなかったってことかな」

そう言って、ふわりと笑顔を作る志保。やはり志保にはこの表情が似合っている。

「それで話し合った結果、僕の実家を出て二人暮らしをしようってことになったんです」

「お母さんはそれを了承してくれたの？」

二人は顔を見合わせると苦笑いする。

「母はフルタイムで働いてるくらい元気だから、しばらく放っておいても大丈夫でしょう」

「生活はちょっと苦しくなるけど、それは私がパートに出て補うつもりなの」

高志はちゃんと親離れができ、志保も一緒に着いて行く覚悟ができている。

「そっか。そこまで考えてるんだったら安心だね」

「今日はそんなお礼と報告がてら、レアチーズタルトを食べに来たの」

「そうだったんだ。ご来店、ありがとうございます！」

安子は二人をテーブルへ案内する。

それから二人は仲睦まじく、創の作ったレアチーズタルトを堪能するのだった。

三章　涙とビターなガトーショコラ

「あなた、知ってる？　近所の幸福堂って本屋さん、ケーキ屋さんになったのよ」

パティスリー幸福堂書店からそれほど離れていないマンションの一室に、四谷（よつや）ひとみの声が反響した。

　しかし、その声に反応する人は誰もいなかった。

「ちょっと。話、聞いてるでしょ」

「……ん？　ああ、知ってる。ていうかそこ、本屋も続けてるし」

　ひとみに催促をされ、夫である優（まさる）は面倒くさそうに答えた。時刻は夜七時半。ちょうど夕食が終わったところだ。四谷家には中学生の娘が二人いるが、今は二人とも塾へ行っている。だから食事は別々の時間に取ることが多い。

「こう言っては失礼だけど、本屋さんは前から大したことなかったのよ。でもね、ケーキがすごく美味しそうだったの」

「ふーん……」

　優は手にしているタブレット端末を操作しながら、かたちだけの相槌を打つ。

「それでね、見てみて――」

そう言ってひとみが冷蔵庫を開けると、白い箱を取り出す。優は大きく出っ張った腹を揺らしながら立ち上がった。珍しく見に来てくれるのだろうか。

「そんな甘ったるいの買って来たんだ。もったいない」

優の言葉は、ひとみの期待をバサリと切り捨てるものだった。

「えっ⁉ もったいないってどういうこと？」

「そうそう。昨日ポチったのがそろそろ届くはずだから、宅配便が来たら受け取っといて」

そして、まったく関係のない話をした。ひとみはケーキの入った箱を手にしたまま不機嫌そうに目を細める。

「またなにか買ったの？」

「うん」

優は頷いただけで他にはなにも言わず、ひとみから逃げ出すようにリビングから出て行った。パタンとドアが閉まると、ひとみは「はぁ」と小さなため息を落とす。

「もう、信じられない！　いつもこうなんだから……」

そうぼやくと、優に見せることが叶わなかった箱をテーブルに置き、中を覗く。そこにはケーキが四つ入っていた。ガトーショコラが一つに、彩色豊かなフルーツタルトが二つ。それにチーズケーキが一つだ。フルーツタルトは娘たちの好物で、チーズケーキは優のために買ってきた。チョコレート好きなひとみのケーキは、もちろんガトーショコラだ。

これらはもちろん、幸福堂で買ったものだ。ここ半年くらいは家計のマイナスが続いていたため贅沢は自粛していた。しかし最近ひとみがパートの仕事を始めたため、家計は改善している。これくらいの贅沢は許されるだろう。

「美味しそ。でも、これはあの子たちが帰って来るまで我慢がまん」

ケーキを眺めて落ち着きを取り戻したひとみはケーキを冷蔵庫にしまうと、夕食の後片付けを再開する。

小さな頃から、ものが散らかることが大嫌いだった。平面に少しでも余計なものが置かれていると、片付けないと気が済まない性分だ。これは母親の影響を受けたのかもしれない。だから片付けが終わると、キッチンの上からもテーブルの上からも、ものというものすべてが姿を消した。

もちろんそれはキッチン周りだけでなく、部屋全体を見回しても同じことだ。そこには最低限の家具しか置かれていない。ものを必要とする生活は、出費を伴うのだ。とはいえ、断捨離(だんしゃり)本に載っていた「ちゃぶ台一つ」という生活はさすがにできなかった。あれはやりすぎだ。適切な家具を置かず、無理をして体を悪くしては本末転倒である。だからひとみは、現状が一番効率的かつ経済的な状況だと自負している。これはもう、一種の美学のようなものだ。

夜間の時間指定がされていたのだろう宅配便は、それから程なくしてやって来た。受け取った荷物は小さな箱だったが、ずっしりとした重みを感じる。今度はなにが入っているのだろうか。伝票の品名欄にはなにやら型番のようなものが書かれていた。ため息とともに伝票にサインをして玄関を閉めると、ひとみは優の部屋のドアをノックする。

「荷物、届いたわよ」

返事がなかったため、ひとみはもう一度ノックしてからドアを開ける。優の部屋はマンションの北側に位置する六畳間で、三部屋しかないうちの貴重な一部屋を専有している。ひとみはこの部屋が苦手だった。それはこの部屋の設えが、ひとみの美学に反するからだ。

壁面には人の背丈ほどもあるコレクターケースが何本も並び、飛行機や自動車といった模型が所狭しと置かれている。床にはそこに入りきらなかったコレクションや、未開封の箱たちが乱雑に積まれている。地震でも起きたら、一気に雪崩を起こしそうだ。

常々危険だから片付けるようにと言っているのだが、一向に片付く気配はない。それどころか今日のように、ものは増え続けている。美しいリビングとは対照的だ。だからこの空間は、ひとみにとって一種の汚染地域となっている。入るだけで気分が悪くなる。そんなまがまがしい空気が渦巻いているように見える。

部屋の奥で優は、ヘッドホンをつけながらパソコンへ向かっていた。モニタはひとみへ背中を向けているため、なにをやっているかまでは分からない。ヘッドホンをしているから、きっとゲームでもしているのだろう。

ドアが開いたことで優はチラッとひとみに視線を向けるものの、すぐに元に戻してしまった。仕方なしに部屋へ片腕だけを入れると、ドアの傍にある棚の片隅に箱を置く。そこでようやく優はヘッドホンを外し、箱へと視線を向けた。

「おぉ、来た来た！　このレンズ、ずっと欲しかったんだよね」

「はぁ……またレンズ買ったの？　こないだも買ってなかったかしら？」

購入物は、優が現在どっぷりと嵌りつつある、一眼レフカメラの交換レンズだった。早速段ボールを開封すると、その中から小さな金色の箱を取り出し、満足そうに眺める。大きさこそ違うが、同じ色の箱が他に二つほど床に転がっている。

「先月のは望遠レンズ。電車とか飛行機を撮る用なの。こっちはマクロレンズ。コレクションをきれいに撮るためだから全然違う。最初についてた標準レンズだけだと、限られた写真しか撮れないから、目的に合わせてこういうレンズが必要なの」

フン！　と鼻息荒く答える優。

しかし残念ながらひとみには、見た目は多少違うものの、レンズはレンズ。どれも同じものとしか認識できなかった。

「それ、結構な値段がしたのよね？」

「八万くらいだったかな」

「八万⁉」

　ひとみは思わず瞠目する。

「あ、これでもまだ僕の場合は安く済んでる方だよ。これで望遠とマクロが揃ったから、もう他にレンズは要らないから。知り合いなんて、完全にレンズ沼に嵌っちゃってるんだから。レンズだけで二十本くらい。一本で百万はするバズーカーみたいなのも持ってたから、何百万も投資してんじゃないかな。それにボディも何個も持ってたし。あ、てことはレンズ沼だけじゃなくてボディ沼にも嵌ってるってことだ。それと比べたら僕なんてね」

　優はいかに自分は金をかけていないかということを力説するものの、残念ながらひとみにはその言葉の半分も理解できなかった。せいぜい分かるのは、ボディというのはカメラ本体のことで、レンズを装着して使うものというところまでだ。今時、写真を撮るならスマホで十分にもかかわらず、どうしてそんな大仰なものが必要なのだろうか。

「転職して給料が減ったの、自覚してる？」

「してるよ。でも君がパートに出てくれてるから、プラマイゼロじゃん。そんなことより、カメラには嵌ると危ないもう一つの沼があるんだけど、なにか分かる？」

「そんなの知らないわよ！」

　知りたくもない。考えるのも無駄とばかりに即答した。

「あのね、現像沼ってのもあるんだ——って、ちょっとまだ話は途中なのに⁉」

嬉しそうに講釈を続ける優を無視し、ひとみはバタン！　と大きな音を立ててドアを閉めた。

クリーム色にチョコレート色、そして木目の美しい天然木の窓枠。秋色に溶け込むかのような外装のパティスリー幸福堂書店は、シトシトと降る秋らしい雨で冷たくしっとりと濡れていた。

店内はハロウィンの装いとなっており、至るところに茶色や紫、そして黒といった飾り付けが施されている。天井からは魔女やコウモリがぶら下がっており、カウンターには大きな口を開けたカボチャが鎮座している。

そんな肌寒さを感じる季節の、とある昼過ぎのこと。

「ねえ、二人でなにしてるの？」

幸福堂のオーナーである安子（やすこ）は、キッチンで繰り広げられていた光景に目を丸くする。

なんと、日向（ひなた）がコンロにかけた鍋に向かっており、創（はじめ）が興味深そうにその姿を見ていたのだ。

「あ、安子さん。お昼ご飯を作ってるんだ」

普段、安子は店の二階にある自宅に帰って昼食をとっている。しかも店番があるため日向とは交代で休憩をとっていたから、こんな二人の姿を見るのは初めてだった。

小麦の香りを乗せ真っ白な湯気を立てている鍋を覗くと、そこにはうどんらしい麺が泳いでいた。確かに昼食を作っているようだ。日向は鍋を菜箸でかき混ぜながら言葉を続ける。

「普段はこんなことしないけど、今日は手間のかかることをしたかったからね。店は雨で暇だったし」

確かに今日は朝から雨が降っている。そのため客足はひどく鈍い。来店客はチャイムで知らせてくれるため、少しくらい無人にしたとしても問題はないだろう。

だが気になったのは、昼食ではなく日向の隣に鎮座している和菓子だ。アルミ製のバットの上には、今作られたばかりですという雰囲気をプンプンと漂わせた、真っ白な大福のようなものが六つ置かれていたのだ。安子の目はそこにくぎ付けになる。

「これ、大福？」

「うん。モンブラン用の栗がたくさんあったから、栗大福を作ってみたんだ」

てっきり創が作ったとばかり思っていた安子は、驚きのあまり口をあんぐりと開ける。

「え、ちょっと待って。これ、日向君が作ったの？」

「そうだよ」

日向は平然と言ってのけた。日向がこんな和菓子を作れるだなんて驚きだ。うっすらと打ち粉をかぶった、白くて柔らかそうな栗大福六つすべてが、歪みのないきれいな丸を描いている。大きさもすべて均一だ。その見た目は、どこからどうみても和菓子店に並んでいるそれと変わりない。

ケーキはもちろんのこと、和洋問わず甘いもの全般が好きな安子は、思わずゴクリと喉を鳴らしてしまう。想像通りのリアクションをいただきましたと言わんばかりの日向は、にこりと笑うと大福の乗ったバットを安子に差し出す。

「安子さんも食べる？」

「もちろん！」

当然の答えだ。昼食を食べたばかりだが、デザートなら別腹。安子はすかさず大福を取ろうとする。しかし非情かな、ここで来客を告げるチャイムが鳴ってしまった。

「うっ、こんなタイミングで……」

安子は後ろ髪を引かれる思いで接客へと向かう。来店客は、入口にほど近い本の特設コーナーで品定めをしていた。幸い目的の本が見つかったようで、すぐに接客を終えることができた。安子は客を見送ると急いでキッチンに戻る。

「早かったね」

うどんの湯切りをしていた日向がそう言った。

「うん。目的買いだったから。例のオススメ小説を買ってくれたよ」

「ああ、あれが売れたんだ！」

日向が嬉しそうに目を細める。「あれ」とは、引っ越しの下見のため日向が初めて安子の店を訪れた時、好きだと意気投合した小説のことだ。もともと人気の作品ではあるが、売り場を工夫して、その作品の良さを伝える工夫をしたところ、さらに売れるようになった。日向と売り場を工夫しながら、こうして売上を創れるようになったことは、安子にとって大きな収穫だった。

「そうそう。あれが売れたんだ……って、それよりも大福！」

安子はお預けになっていた大福を指でつまみ上げる。それは赤ちゃんの肌のように柔らかく、優しい指ざわりだった。そして指に沿って変形したその姿は、雪うさぎのように可愛らしくも見える。実に美味しそうだ。

「では、いただきます」

安子は栗大福をじっくりと味わう。栗の風味が引き立つ餡に、出来立てで柔らかな求肥の優しい甘さが相まって、得も言われぬ幸福感に包まれる。ほんのりと香る栗独特の苦みも、甘さの中で良いアクセントになっている。そしてこされた餡だけでなく、わざわざ細かく角切りにされた栗も入っており、それがまた食感の楽しさを増す演出に一役買っている。芋、栗、カボチャは安子の大好きな三大ホクホク系甘味だ。その中でも断然一位の栗に満たされた安子は、とろけ落ちそうになる。

「うーん、おーいひー！」

正直、予想以上の味だった。大きな大福は、あっという間に安子の胃に納まってしまった。それにしても、これほどの栗大福は食べたことがない。仕事の合間に「ちょっと作ってみた」というレベルではない。

「日向君って……何者？」

店の改装費用をポンと出してくれただけでなく、和菓子にも造詣が深い。間違いなく、そんじょそこらの人間ではない。

「あはは。ただの和菓子好きだよ」

うどんの仕上げをしていた日向は振り返ると、チョコレート色の髪をふわりと揺らしながらそう言った。

「いや、だって……ただの和菓子好きが作るレベルじゃないよ、これ」

安子がそう問いかけるものの、日向はニコニコしながら「ただの和菓子好き」と繰り返すだけだった。そうこうしているうちにうどんも出来上がったようで、日向は毎晩反省会をしているテーブルへ配膳する。ネギとカマボコ、それに卵が乗っただけのシンプルなうどんだ。

「うーん。最近の市販の出汁は美味しいねー」

「兄さんが作ったものなら、なんでも美味しくなるよ」

　そんなことを話しながら二人はズルズルとうどんを啜る。どうやら、うどんにはそこまで手間をかけていなかったようだ。こんな大福を作ってしまった日向なら鰹節を削ることから始めかねないと思っていた安子は、なぜか安堵感を覚える。

「あ、僕の方にカマボコが入りすぎちゃったから創さん、一枚あげるね」

「おう」

　それにしても、この二人は本当に仲がいい。出勤こそ別々のことが多いものの、帰りは一緒。ランチも一緒。そして家も一緒だ。

　今、安子の目の前にいる二人は、安子といる時よりも楽しそうな表情をしている。二人がどれほどの付き合いなのかは分からない。ただ言えることは、まだ出会って四ヶ月の安子よりも、その間柄は親密ということだ。

　でも、同じ店を共有する運命共同体として、もっとこの二人との距離を縮めなければならない。安子はそう痛感している。それは、未だに両者の間には大きな価値観の違いがあるからだ。

　幸福堂がリニューアルオープンして二ヶ月近くが経過した。当初こそ業績は悲惨な状況だったが、日が経つにつれてパティスリーの売上は向上していった。きっと創の作るケーキの味が広がったためだろう。ガラガラだったショーケースには、今ではしっかりとケーキが詰まり、棚の外には焼き菓子もいっぱい並んでいる。

既にパティスリーの売上は、引っ越し前の二倍を超えているらしい。とはいえ、創作意欲に火が付いた創は、今まで以上に新メニューの開発に資金を使っているようだ。原材料費や売れ残りの廃棄などを考えると、二人にはどのくらいのお金が残るのだろうか。日向は「気にしないで」と言ってくれるが、気にしない訳にはいかない。間違いなく日向が投資してくれた改装費用は、ほとんど回収できていないのだから。

少しでも店を盛り上げたい。だから安子は、費用折半でチラシを出そうという提案をしたこともある。しかしそれは創に却下されてしまった。職人肌の創は、金があるならチラシよりも原材料や研究用の本の費用に充てたいからだ。「味が良ければ客は来るようになるだろう」。そう言われてしまっては、他になにも言えない。実際にパティスリーの客は増えているのだから。

それならばと、安子は一人でチラシを出そうか検討をした。でも、大きな費用を負担して効果がなかったらと考えると、怖くなって断念してしまった。

販促に金をかけたい安子に、研究に金をかけたい創。両者の価値観の違いは、それなりに大きなものだった。だからこそ、その溝を埋めるためにも二人との距離をもっと縮めなければならないのだ。しかし、どうやって縮めればいいのか分からない。うどんを食べ幸せそうな顔をする二人を見ながら、安子はもどかしい思いをするのだった。

その日の閉店後。

いつもの反省会の席で、安子は売れ残りのケーキをつつきながら話題を切り出す。

「創さん『ミリタリーコレクション』って知ってる？」

「いや、知らないな」

「だよね……。毎月や隔週で発売される、同じテーマのおまけがつく雑誌があるんだ。今回発売されたやつは、戦闘機や戦車の模型が付属するの。でね、今日それを二つも定期購読してくれたお客さんが来てくれたんだ」

今日の閉店間際のこと。小太りな中年男性が、雨の中、来店。そして新発売の『ミリタリーコレクション』を買ってくれた。しかも、同じものを二冊もだ。それぞれ、観賞用と保存用らしい。

一巻こそ特別価格で九八〇円となっているが、次号からは二千円近い。最終号である八十号まで出版されるとすると、その売上は実に三十二万円だ。一人の客から得られる売上としては極めて大きい。そんな説明を聞くと合点がいったのか、創は「なるほど」と言って頷く。

「それはいいかもしれんな」

「あら、意外……」

安子は思わずそう漏らす。てっきり「興味ない」だったり「金の無駄遣い」とでも言われると思っていたからだ。そんな様子を見ていた日向が、いたずらっぽい表情をしながら口を挟む。

「創さんもコレクションしてるもんね。アレの、ね——」

「あ、ちょっと兄さん！」

創は突然立ち上がると、あたふたしながら日向の口をふさごうとする。こんな創、初めて見る。極めて貴重な光景だ。ただ、焦ってはいてもその美形な顔が崩れていないのは、さすがである。

「あれ、安子さんには内緒だったっけ？」

「……べ、別に。隠すようなことではないけど」

「なら教えてよ。どんなコレクションしてるの？」

安子は目をらんらんと輝かせながら次の言葉を待つ。しかし、創は口を開かない。待ち切れなかった安子は、日向に視線を移す。

「創さんはね、猫グッズを集めてるんだ」

「へぇ～」

安子はニコニコしながら創の顔を眺める。この顔でそんな趣味があったとは、意外である。

「んだよ?」

創はギロリと安子を睨(にら)む。

「創さんにも可愛いところ、あるんだなって思って」

「煩(うるさ)い」

ぷい、と安子から視線を外すと、創は照れ隠しをするようにモンブランを食べ始めた。

慌てる姿に続きこんな姿も見られるだなんて、眼福ものだ。でも、これ以上見続けていると怒られそうだったので、安子は視線を日向へ切り替える。

「でもさ、コレクションってどんどん増殖しちゃうでしょ? 部屋が狭くなったら、処分したくなっちゃうんじゃない?」

安子のコレクションである本も増殖を続けている。両親が引っ越したから保管するスペースは足りているが、二人が住んでいるのは旧店舗があったビルの上階だ。とてもではないが、広い部屋がある建物には見えなかった。

そんな安子の言葉にケーキを食べる手を止めたのは、創だ。

「仮に勝手に処分されたら、たとえ相手が兄さんであっても許さない」

そう言って青筋を浮かべるのだった。

「そっか……ごめんね、変なこと聞いちゃって」

それから程なくして、反省会は終わりへと差し掛かる。今日は、創の意外な趣味を知ることができたし、昼には日向の和菓子の技術を知ることもできた。この調子で、もっと二人のことを知りたい。そう考えた安子は、二人へ提案をする。

「今日、二人でお昼ご飯食べてたでしょ？　これからは私も一緒に食べたいな。みんなで交互に料理をするってのはどうかな？」

全員同時に食べるというのは難しいかもしれないが、交代でなら問題ない。それに今日みたいに暇な日なら、三人一緒に食べられる日もあるだろう。

「安子さんが入ってくれるなら嬉しいかな。創さんは？」

「俺もいいと思う。どうしても二人だとワンパターンになりがちだからな」

思いのほかすんなりと受け入れてくれたことで、安子は破顔する。

「ほんと⁉　ありがと！」

これで二人にまた少しだけ近づける。そんな気がした安子であった。

秋も深まり、カレンダーは十一月になった。日に日に昼の時間は短くなり、肌寒い日も増えてきた。派手に飾った馬が町内を練り歩くという祭が終わると、いよいよ冬は間近に

迫ってきたという実感が湧く。

　それを裏付けるかのように、駅へと続く幸福堂の前の道を通過する人たちの姿も、コートやロングブーツといった装いが目立ち始めていた。

「はい！　あと一個でスタンプ満タンですね」

　暖房が効き暖かな照明で満たされた店内で、安子は客が出したカードにスタンプを押す。これは、幸福堂が最近導入したスタンプカードだ。ケーキ一個、本一冊につきスタンプを一つ。そのスタンプが六つ貯まったら、創特製のプチクッキー一枚と交換できる。ハードルは低い代わりにオマケも軽めだが、これが再来店に繋がればと安子は期待している。

　ちょっとした工夫として、スタンプが満タンになりクッキーと交換する際は、名前と住所を書いてもらうことにした。いつかDMを出すことになった時に、使えると思ったからだ。ただ、個人情報を書いてもらえなかったとしても、クッキーは渡すことにしている。書くことを強制し気を悪くされて、二度と来店してもらえなかったら本末転倒だと考えたからだ。

　スタンプカードを始めたきっかけは、安子がどうやって店を盛り上げていこうか悩みつつ手に取った『「ありがとう」と言われる商い』というビジネス書だった。この本には、消費社会が成熟し、モノではなく心の豊かさが求められている今、商店がどうやって顧客からの支持を獲得すればいいのか分かりやすく書かれていた。実際の店で行われた事例もふんだんで、これなら自分にもできる。安子は直感的にそう感じた。

「ねえ、うちもスタンプカード始めようよ！」

とある日の昼食時、安子は創と日向にそう提案した。

「スタンプカードなら手作りもできるし、経費もほとんどかからないよ。手作りをする時間はたっぷりあるしね」

「でも、それってさ、結局値引きして販売するようなものだよね？」

幸福堂では、どれだけケーキが残っていても値引き販売は行っていない。だから安子は日向からそう返事がくることも想定していた。

「そこで相談なんだけどね……」

安子は創へと視線を切り替える。

「創さん、小さなクッキー、作ってくれないかな？　これくらいの」

安子は右手でＯＫマークを作ると、その穴から創を覗く。サイズは五百円玉よりもほんの少しだけ大きいくらいだ。

「スタンプが貯まったら、この小さなクッキーを一つプレゼントするの。おいしいクッキーをもらえるお店なんて、ぜったいにこの辺にはないはずだよ。それならお金もあんまりかからないでしょ」

「作るのは別に構わないが……それで客は満足するのか？」

確かに、よくある五百円引きなどと比べるとインパクトは弱い。しかし、プレゼントする際のコツも、参考にした本に書かれていた。

「そこは私と日向君に任せてよ」

「えっ、僕も⁉」

「うん。渡す時にちょっとした工夫をするだけだから簡単だよ」

とはいえ、安子も未体験のことだ。実際にスタンプが貯まってから実践を踏まえて工夫していく必要はある。

「よし。お前がそう言うんだったら作ってやるよ。そうだな。今、俺の中でのマイブームなチョコレート系は外せないし、金をかけずに形を工夫するってのもあるな。いっそ猫型もやってみるか……」

早速、創の頭にイメージが降ってきたようだ。それからもあれこれアイディアを口にすると、ハッと気づいたように日向を見る。

「あ。でも、兄さんは大丈夫？　スタンプカードやるってのは」

「うん。僕もいいアイディアだと思うよ。安子さん、ずっと販促はしたがってたしね」

「やった。ありがと！」

こういったやり取りがあり、現在に至っている。

このような話ができたのも、ランチタイムを一緒に過ごすようになったおかげだと安子は感じている。三人揃って食べられる日は少なかったものの、安子と二人の——特に創との会話量は確実に増えたからだ。

もちろん、ランチタイムには仕事の話だけでなくプライベートな話もしている。

あれから新たに判明したこと。まず、創の趣味である猫グッズコレクションだが、日向も収集の協力をしているらしい。出先で可愛い猫グッズを見つけると、ついつい創のために買ってしまうのだそう。そんな話を聞いたため、安子も休日に出かけた際はついつい猫グッズに目が行くようになってしまった。

そして日向の趣味は読書だ。これは前から知っていたことだったが、なかなか本格的に嵌(はま)り込んでいる様子で、安子も知らないタイトルを多く知っていた。そこで、お互い個人の本棚から、お薦めの本を貸し合うことになった。当然、返却時には感想の話に花が咲く。

売上は少しずつ増え、三人の関係も良好。まだまだ万全とはいえないものの、店は確実に良い方向に進むようになっている。安子はそう実感するのだった。

愁いを帯びた女性客が来店したのは、そんな折だった。ちらほらと客がケーキを楽しんでいる姿が見られる午後二時頃。手に大きなトートバッグを持った女性客は、店に入るとまっすぐイートインコーナーに向かう。

「いらっしゃいませ！」

安子は水を出しながら女性客の様子を窺う。年齢は五十代前半だろうか。いや、四十代かもしれない。口紅しか化粧をしていないため、実年齢よりも上に見えている可能性はある。服装は、薄い化粧以上に女性っぽさが無かった。デニムのパンツに茶色のトレーナー。靴は一流ブランドとロゴが酷似している別物のスニーカーだ。人を見た目で判断してはいけないが、ケーキを食べに来ている他の客と比べると、その姿はどうしても浮いてしまう。

「ご注文はお決まりですか？」

メニューを見ながら悩んでいる様子だったが、とりあえずそう聞いてみる。

「ええ。ガトーショコラは決まっているのですが……」

「はい。ガトーショコラですね。ドリンクとセットがお得ですが、いかがでしょうか？」

幸福堂のドリンクは、ケーキ同様に創が厳選したものばかり。周辺の喫茶店より、値段も少々高めだ。女性客は価格のせいなのか、それとも単純にどれにするか迷っているだけなのか。メニューの一点を見つめながら、うんうんと悩んでいる。

「………よし、決めたわ。ホットコーヒーをセットでいただけるかしら」

「はい。少々お待ちください」

ようやく注文をもらった安子は、カウンターに戻りながら頭を回転させる。それは、女性客の顔に見覚えがあったのにもかかわらず、誰なのか思い出せなかったからだ。

「日向君、今のお客さんって見覚えある？」

「うん。あるよ。すぐそこのスーパーのレジの人じゃないかな？　安子さんがいなかった時に、一度うちでテイクアウトしてくれたこともあるし」

「そっか！　確かに」

商店街の端にあるスーパーのレジにいた。さすがは日向の記憶力だ。安子は幸福堂の新たな定休日である水曜日に、よくそのスーパーで食材を買い込んでいる。なにかと安くて安子の懐にも優しい店だ。ただひとつ残念なのは、そのスーパーのいちばん安くなる特売日が火曜日ということだ。こればかりは定休日の都合上、仕方ない。

安子はショーケースからガトーショコラを取り出すと、日向が淹れてくれたコーヒーと一緒に女性客のもとへ行く。

「お待たせしました。ガトーショコラとホットコーヒーです」

「ありがと……」

女性客は少しだけ頬を緩めつつ、ケーキへ視線を落とす。

「では、ごゆっくりどうぞ」

それから安子は、仕事をしつつもこの女性客へ何度も視線を送る。それはこの女性客の全身を覆う、垂れ込む暗雲のような雰囲気が気になって仕方なかったからだ。

ゆっくりと味わうようにケーキを食べ、ブラックのコーヒーをひとくち。そして最後にため息。この一連の動作を、人形のように淡々と繰り返している。その姿は、とてもではないがケーキを楽しんでいるようには見えなかった。それどころか、ケーキがなくなるとポロリと涙を零してしまう始末。周囲の客も気になるのか、チラチラとその様子を見ている。

「日向君、あのお客さん、どうしちゃったんだろう……」

「相当な悩み事を抱えてるっぽいね」

「大丈夫かなぁ」

それから女性客は、本を読みながら長居をする訳でもなく、コーヒーがなくなるとすぐに席を立つのだった。

女性客は、翌日も同じ時刻にやって来た。昨日ほどではないにしても、今日もその姿からは元気を感じられなかった。

今日の注文は、自分の姿が映し出されるほど黒く光り輝くオペラだ。金箔があしらわれたお洒落なケーキとは対照的に、今日も周囲のテーブルに届きそうなほどの、どす黒いオーラを振りまいていた。

そして女性客は、昨日と同じルーチンを繰り返してケーキを食べ終えると会計をする。

「スタンプカード、お持ちですよね？」

「あ、はい」

女性客は、カードケースから手作り感あふれる幸福堂のスタンプカードを取り出すと、カウンターに置く。そのスタンプカードには、既に五つのスタンプが押されていた。初めて来店した時のテイクアウトで四つ。昨日一つ。そして今日、最後のスタンプが押された。

「はい。おめでとうございます！　スタンプがいっぱいになりました！」

「おめでとうございます！」

安子と日向の二人が、笑顔でパチパチと大げさに拍手をする。これが安子が本で学び、自己流にアレンジした演出だ。こうした演出は重要だ。スタンプ満タンのプレゼントは、小さなクッキーが一つ。その一つのクッキーが演出次第で「たった一つのケチなプレゼント」にもなれば「店員と一緒に喜んだ楽しい体験」にも変化する。かける経費は変わらないのだから、後者が良いに決まっている。そんな演出が功を奏したのか、女性客の表情も幾分か和らいでいた。

「裏面にお名前とご住所をご記入していただきましたら、お好きなクッキーを一つどうぞ」

安子はショーケースの上に置かれたカゴを手に取ると、女性客の前へ差し出す。そこには個包装されたクッキーがたっぷり入っていた。それらはどれも小さいながらも、本格的なものばかりだ。ベージュ色のプレーンなものからジャム入りのもの、はたまたこげ茶のチョコレートクッキーまで、実に目移りしそうである。

「なら……これをいただくわ」

　女性客が選んだのは、これまたチョコレートのクッキーだった。ケーキもチョコレート系ばかり食べていた。相当なチョコレート好きのようだ。女性客はクッキーをバッグに入れると、来た時よりも少しだけ軽めの足取りで帰って行った。

「ちょっとは喜んでもらえたみたいで、よかった」

「やっぱり、スタンプが貯まったら盛り上げるっていう安子さんの案は大正解だったね」

「だねっ」

　店の名前は『幸福堂』だ。店とかかわるすべての人が幸福になるようにと祖父がつけた店名だが、安子もその思いは強く引き継いでいる。

　具体的にどう幸せになってもらうことができるのか。それはまだ模索中だ。良書に出合う、美味しいケーキに出合う、思いがけないプレゼントをもらえる……どんな小さなことでも良い。とにかくこの場を幸せと出合うことのできる場所にしたい。安子はそう強く思っている。

「さてと。これ、入力しないとね」

　安子はカウンターに残されたスタンプカードを手に取る。その裏側に書かれた氏名欄には「四谷ひとみ」と書かれていた。

「そういえばあのお客さんも……」

安子は『ミリタリーコレクション』を定期購読してくれている男性客のことを思い出した。彼も四谷と名乗っていた。しかし、このあたりで四谷姓は珍しくない。他にも知っている四谷さんは何人もいる。だから安子は特に気に留めることもなく、カードに書かれた個人情報をパソコンへ入力し始める。

ひとみは翌日以降もほぼ毎日、幸福堂へやって来た。決まって来る時間は午後二時頃。スーパーでの仕事が終わった後に寄ってくれているのだろう。

それにしても、ほぼ毎日というのは穏やかでない。幸福堂のケーキは、ドリンクとセットで一〇八〇円する。この界隈のパートの時給からすると、一時間分では足らない。

この行動が家計に悪影響を与えていないだろうか。そもそも、いつも寂しそうな表情をしているのは何故なのだろうか。初日のように涙こそ見せることはなくなったが、安子は心からひとみのことを心配していた。

「いつもありがとうございます。これ、サービスです」

今日もガトーショコラを堪能するひとみへ、小皿に乗せた二枚のクッキーを提供した。

これは、ランチタイムにひとみの話をしたところ、創から「今度その客が来たらこれでも食べてもらえ」と渡されていたチョコクッキーだ。

今までのものとは違い、このクッキーにはオレンジピールが入っている。しっとりした生地に甘く煮詰められた柑橘系の香り、それと、あえて残したという僅かな苦みのコンビネーションは、安子を一瞬にしてとりこにした逸品だ。

「まあ、美味しそう。いただいてしまっていいのですか？」

ひとみは嬉しそうに笑みを浮かべる。相変わらず暗い顔をすることが多い中、やっと見せてくれた笑顔だ。これだけでもクッキーをサービスした甲斐がある。

「もちろんです。いつも来ていただいてますからね。パティシエからのプレゼントです」

「なら遠慮なくいただくわ」

ひとみは小ぶりなクッキーを指でつまむと、口に放り込む。何度か咀嚼をすると、またしてもその表情には喜びの色が浮かんできた。

「うん。美味しいわね。幸福堂さんのスイーツはなんでも美味しいから大好き」

「ほんとですか⁉　ありがとうございます！」

安子は満面の笑みを湛えて、そう答えるのだった。

クッキーのプレゼントというイベントは、安子とひとみの距離を一気に縮めることになった。その日以降、二人は接客用語以外の言葉を交わすことが多くなった。

「ひとみさん、こんにちは」

安子は気安くひとみにそう呼びかける。これは、とあるポリシーが安子にあるためだ。女性は結婚すると「○○さんの奥さん」と呼ばれ、子供ができれば「○○君、○○ちゃんのお母さん」と呼ばれるようになり、自分の名前で呼んでもらえることが少なくなる。中には夫からも「おい」や「お前」と呼ばれてしまう人もいる。そういった人たちがせいぜい名前で呼んでもらえるのは、親か病院くらいだろうか。いや、病院も最近はプライバシーの問題から、受付番号で呼ばれるようになっている。だからこそ、安子は女性の名前を口にする時は、下の名前で呼ぶようにしていた。

ひとみが来店する時間は客の混み合うティータイムのため、じっくりと座り込んで話せる機会はなかった。それでも来店頻度が高いため、安子は配膳時や会計時などのちょっとしたタイミングに会話を重ねている。

「――ひとみさんのお子さん、二人とも中学生なんですね。しかも年子って大変じゃないですか？」

「そうなのよ。来年、上の子が三年生になるから、受験のことを考え始めてるの。上の子は私立高校を目指しているんです。だから結構お金がかかっちゃうでしょ。それに下の子も行きたいと言ったら、受けさせない訳にはいかないじゃないですか」

「確かに、そうですよね」

「学資保険には入っているのよ。それでもいざその時が近づいて来ると、やりくりしていけるのか不安で……」

ひとみの悩みはそれだけではなかった。娘たちを高校だけでなく、ちゃんと大学まで出してあげることができるのだろうか。老後の年金はもらえるのだろうか。住んでいるマンションは、終の棲家として住み続けることができるのだろうか。はたまた夫がリストラにでも遭ったりしないだろうか。そういったことを考え始めると、気が気ではなくなるらしい。

ひとみの話を聞いて安子が感じたこと。それはひとみの抱えている問題の原因が、すべてお金に収束するということだ。それにもかかわらず、ほぼ毎日こうして幸福堂へ来ている。店としては嬉しいことなのだが、四谷家としては問題がないのか。家族はなんと言っているのか。聞きたいことは山ほどあふれてきたが、そこまで突っ込むことは憚られた。

定休日となる水曜日を挟んだ翌日のこと。

今日は十一月にしては珍しく「生憎の」という言葉では足らないほどの、バケツをひっくり返したような豪雨だった。気温も朝から上がる気配はなく、コタツが恋しくなるほど肌寒い。こんな日だから、もちろん客は誰一人来ない。いつもはケーキがたっぷりと並ぶショーケースも、今日はまばらにしか並んでいない。天気予報でこうなることが分かっていたため、製造数量を控えめにしたからだ。

「暇だねぇ……」

雨が軒先を激しくたたく音を聞きながら、店内をブラブラしていた安子はそうぼやいた。

「こんな日は仕方ないよ」

日向も今日は完全にオフモードになっており、カウンター内で読書をしている。

「雨、上がらないかなぁ」

「天気予報だと、夕方までこんな感じみたいだよ」

「そっか……」

暇だと時間が経つのが非常に遅く感じる。安子は再び店内をブラブラしながら、時おり気になった本の陳列をきれいに直す。それでもすぐに店内を一周し終わってしまう。そのまま安子は、昼にもかかわらず薄暗い外へと向かう。

ドアを開けると、ザーという雨音がステレオのように両耳へと響く。それと同時に、季節外れのひんやりとした空気が安子の頬を撫でる。突き刺すほどの冷たさではないが、まるで冬のようだ。

「こんな日は温かいものを食べてぬくぬくしたいな……って、そうだ！」

安子は回れ右をすると、タタッと日向のいるカウンターへ駆ける。

「今日のお昼、みんなで鍋パーティーしない？」

ちょうど昨日、買い込んだ食材がある。白菜などの野菜からマイタケやシメジなどのキノコ類、肉は豚のロース肉が四百グラムほどある。これは特売で安かったため、一人で消費するには多すぎるかなと思いつつも購入したものだ。

「鍋パーティー？」

突然の提案に、読んでいた本をパタンと閉じた日向は、きょとんとした表情を浮かべる。

「うん。今日は寒いしさ、お客さんも少ないから今シーズン初の鍋もいいんじゃないかなって思って。食材はたっぷりあるんだ」

日向は安子から視線を外すと外を見る。相変わらず弱まることのない雨が、色彩の薄くなった商店街へと降り注いでいる。ちょうど傘を差しながら店の前を通りがかった人は、寒いからだろう。前かがみをしながら体を小さくしていた。

「うん。いいんじゃないかな。絶好の鍋日和だよ」

「やった」

そうと決まれば早速行動開始だ。まずは二人でキッチンに向かう。そこには新作の研究に没頭している創の姿があった。傍にチョコレートが置いてあったため、きっとチョコレート系の新作ができるのだろう。

「二人揃ってどうした？　飯にはまだ早いと思うが……」

「安子さんがね、今日は暇だからお昼、鍋パーティーをしないかって」

「俺は暇じゃないが……こんな天気だから、いい案だな」

「なら、決定ね！」

安子は早速自宅から具材などの準備をすると、料理に取り掛かる。まずは鍋に昆布と水を入れて火にかける。昆布はつけ置く時間がなかったため、細かくした。

「日向君は、これ、お願いね！」

「オッケー。任せといて」

日向は安子から受け取った野菜を、リズミカルな音を立てながら切っていく。

鍋がもうすぐで煮立ちそうだ。安子は昆布を取り出すと、酒、みりん、しょうゆを回しいれる。それから日向が切ってくれた野菜などの具材を次々と投入。鍋は大雑把にやってもそれなりの味になるから、安子の好きな料理だ。しばらく煮込んだ後、安子は小皿にスープを取り、味見をする。

「うーん。いい味出てる！」

昆布と醤油ベースの薄めのスープに、野菜の甘みや豚肉の旨味がしっかりと染み出していた。これなら上出来である。

「なら、あっちに持ってくね」

日向が鍋をキッチンのガスコンロから、いつも食事をしているテーブルにセットされたカセットコンロへと移す。そこには既に、箸や取り皿などが用意されていた。

「創さん、できたよ！」

クツクツと煮立つ鍋を三人で囲む。鍋から立ち上る湯気が、まだ少し早い冬の訪れを感じさせる。

「美味そうにできてるな」

「味もばっちりだよ。ささ、食べよ」

安子は「いただきます」と言うと、具材を取り皿によそう。まず箸に取ったのは、白菜の芯の部分だ。ハフハフと食べてみれば、既にとろけるように柔らかくなっており、その甘みは旬の到来を感じさせるものだった。次の白ネギでは、口に入れて噛んだ瞬間、中から熱々の芯がチュルと飛び出し、口腔を焼き付ける。安子は「あふっ！」と言うと口から怪獣のように白い湯気を吐き出しながら、その熱さに耐える。最初の取り皿一杯分は、皆が熱さと戦いつつ、無言で味を堪能する。

「うん、安子さん、美味しくできたね」

「うん！」

創は無言で鍋から二杯目をよそった。気に入ってもらえたようだ。体が温まり始めたとところで、安子は箸の速度を緩めつつ二人へ話題を振る。

「そういえばさ、創さんと日向君はどんな学校を出たの？」

「どうしたの？　突然」

「ひとみさんのとこのお子さんがね、私立高校に進学する予定なんだって。年子で二年連続だから、教育費が大変そうで……。私は一人っ子だったけど、それでも結構苦労して大学まで出してもらったみたいだからさ」

「そういうことね。僕は中学から大学まで一貫校だったから、両親には相当お世話になったかな」

「なにそのエリートみたいな響き」

学校名を聞けば、日向の口から出てきたのは、誰もが知っている東京の一流大学だった。

「……やっぱり日向君って、お坊ちゃま？」

「あはは。上には上がいるから、僕は全然そんな風に感じたことないんだけどね。苦労なく大学まで卒業させてもらったことは事実かな」

あの学校はお金があったとしても、実力もなければ入学はできないはずだ。となると日向は相当な秀才ということになる。

そんなバックグラウンドがあるにもかかわらず、日向はこんな場所でニコニコと鍋をつついている。真相をストレートに追究しても、いつもはぐらかされてしまう。ますます深まる日向の謎をいつか暴いてみせる。そう決める安子であった。

「なら創さんは？」

「話したくない」

バサリと切り捨てられてしまった。

「そっか」

「……とはいえ、また追究されても面倒くさいから触りだけ話すか」

「なにその私のイメージ」

追究などする訳ない。そう思った安子だが、改めて振り返ってみると、残念なことに創の言葉を否定することはできなかった。二人のことをもっと知りたかったことはもちろんのこと、客のプライベートにまでズカズカと踏み込んでいるのだから。

「俺は兄さんと同じ大学に行ったけど、途中で逃げ出した口だ」

悲しいかな、安子とは違い二人ともお坊ちゃま兼、秀才だった。

「そっか。中退したのはパティシエになるため？」

「そういうことになるな」

「なるほどねぇ……」

安子は、ひとみが抱える悩みを解決するためのヒントが得られないかと思い、二人へ話題を振った。しかし二人とも育ちが良すぎたため、参考になる情報は得られなかった。とはいえ、二人のことを知ることができたのは大きな収穫だ。安子は気を取り直し、お玉を手に取る。

「さて、もう一杯いっちゃおうかな」

身も心もポカポカになりながら、三人はシメのうどんまでしっかりと堪能するのだった。


昼食後。

「はい、安子さん。五十枚分、印刷したよ」

「ん。ありがと」

日向がパソコンで印刷したポイントカードを受け取ると、安子がハサミで一枚ずつ切り分ける。実に単調な作業のため食後には気だるかったが、他にやることがないため仕方ない。

「よし、完了」

五十枚分を切り分ける作業は、ものの数分で終わってしまった。またやることがなくなってしまった。時刻は午後一時過ぎ。まだまだ先は長い。外に目を向けてみれば、相変わらず雨足が弱まる様子はなく、道路を激しくたたき続けていた。

一人の女性が視界に入ったのは、そんな時だった。

「あ、ひとみさんだ」

「こんな日にまで……」

　いつもよりも来る時間が早い。こんな天気だからスーパーも暇だったため、人件費を節約するために早く帰されたのかもしれない。なにはともあれ待望の来客だ。二人は満面の笑みでひとみを迎える。

「いらっしゃいま……せ？」

　しかし、様子がおかしかった。ひとみは初めてイートインを利用した日のように俯き、どす黒いオーラを発していたのだ。

「ひとみさん、どうされたんですか？」

「あの人が、また勝手に………もう嫌だ……」

　蚊の鳴くような声でそう言ったひとみ。なにやら切羽詰まった事情があるようだ。

「私でよければ話、聞かせてください」

　安子はひとみを席に案内すると、ここぞとばかり、ひとみの斜め向かいに座る。

「ひとみさん、なにか大変なことがあったんですか？」

「ええ………」

　そこから言葉が続かない。相当思い詰めているようだ。安子はどう対応したものかと悩んでいたところ、日向が湯気を上げたカップを持ってきてくれた。

「これ、お店からです。今日は寒いですから、どうぞ」

甘い香りが漂ってきた。どうやらメニューにはないホットチョコレートを作ってくれたようだ。思わぬサービスに、ひとみは少しだけ頬を緩める。

「ありがと……」

ひとみはカップを手に取ると、熱そうにしながら口をつける。そしてその一口をじっくりと味わう。すると心が落ち着いてきたのか、表情も和らいできた。

「実は……夫の趣味で悩んでいて……」

「どんな趣味なんですか？」

「車や飛行機の模型を集めているんです」

幸福堂で販売されている自動車や飛行機に関する雑誌のほとんどは、男性が購入していく。『ミリタリーコレクション』の購入者ももちろん皆、男性だ。

そこで安子は、はたと思い出す。『ミリタリーコレクション』を二セットずつ購入してくれている男の姓も、ひとみと同じ四谷だった。ひとみから聞いた趣味と一致している。もしかして、この二人は夫婦なのではないだろうか。考えすぎかもしれないが、安子の心はソワソワし始める。

「趣味自体は悪くないと思うんです。でも、収集癖がひどくて……。昔はケースにきれいに飾られていたんですけど、そのうち入りきらなくなったものや空き箱が床に積まれるようになってしまって……。そんなガラクタ部屋からもあふれ出しそうなんです。私はものを最低限にしたい派で、リビングやほかの部屋はすっごくきれいにしてるんです。危ないから片付けてっていつも言ってるのに、馬の耳に念仏なんです」

そう言うとひとみはホットチョコレートを一口飲む。大好きなチョコレート効果か、次第に顔に赤みを帯びてきた。

「とはいえ、それは私が部屋に入らなければいいだけですから、その収集癖は百歩譲ったとして……二年くらい前からその収集物を撮影するという趣味が追加されてしまったのが、また許せないんです。コレクションの写真を撮ると言ってはリビングは散らかすし、そのカメラすらコレクションの対象になってしまったんです。また昨日も、バカみたいに高いカメラを買ってしまったのよ」

もう立派なカメラを持ってたのに、とひとみは続けた。こんなひとみの姿を見るのは初めてだ。今までは落ち込んでいたか、会話したとしても二言三言しか言葉を交わしてこなかった。歯に衣着せぬ物言いが、ひとみの本来の姿なのだろうか。

「そのカメラ、どのくらいするんですか？」

「二十五万円よ」

「二十五万……ですか？」

「ええ。それでもね、以前は収入が良かったからイラっとしただけで済ませられたんです。それなのに半年前に突然転職してしまって……収入がすごく減ったのに、またそんな買い物をしてしまったから……」

ここでようやく、安子の頭の中で話が繋がった。ひとみがしきりに金の心配をしていたのは、夫の収入低下と趣味の加速が原因だった。

「それで『給料減った自覚はあるのって』聞いたら、なんて言ったと思います？」

数秒考えたが答えが出てこなかった安子は、首を横に振る。

「『君がパートに出てくれてるから、プラマイゼロじゃん』ですって」

ここで大きなため息をつくひとみ。相当腹に据えかねている様子だ。肺の中の空気を怨念と共にすべて吐き切ると、心を浄化するかのようにホットチョコレートを飲む。

「それだけではないんです。幸福堂さんのケーキ、すごく美味しいのに、夫は『そんな甘ったるいものもったいない』って言うのよ。食べもしないのに、私の唯一の楽しみも否定してくるんです！　私なんて十円、二十円安い買い物をするために努力してるのよ。それなのに毎週ガラクタばかり買って……。挙句の果てには二十五万円ですよ？　二十五万円。だから最初はそんな主人への当てつけで幸福堂さんに来るようになったんです。自分で稼いだお金、ちょっとくらい自分で使ってもいいですもんね。でもね、何度か来るうちに本当に楽しくなってしまって」

今ではこの時間が人生で一番の楽しみになっているの、とひとみは続けた。

「そうだったんですね……」

安子はそう返事をしつつ、頭を悩ませる。ひとみの抱える問題は複雑なものだった。夫の浪費癖はもちろんのこと、ひとみの楽しみを理解してもらえていないことも問題だ。その反面、ひとみも夫のことを理解していない節があった。そうでなければコレクションのことを「ガラクタ」などと言うことはないだろう。

これは双方の意思疎通が成り立っていないことが原因ではないだろうか。安子はそう感じた。とはいえ、こればかりは夫婦二人で話し合って解決してもらうしかない。今ここで自分がひとみにしてあげられることはなんだろうか。安子は必死に考える。

「ひとみさんの旦那さん。趣味のことはさておき、良いところもあるんですよね？」

夫の良いところに目が向けば、自ずと夫婦の会話も増えるだろう。そんな意図からの質問だ。

「そんなのある訳ないじゃない」

ひとみは即答した。しかし、そんなはずはない。人は誰だって良いところと悪いところを持ち合わせているのだから。たまたま今は、夫の悪い面にしかフォーカスしていないだけだ。

「えっと、なら質問を変えますね。ひとみさんは旦那さんのどんなところに惹かれて結婚されたんですか？」

「そうね……」

遠い目をしながらしばらく考えた後、ひとみはこう言った。

「なんでも知ってる博識なところ、かな……」

「確かに。それはすごいことですよね」

「それに……知らない場所にいろいろ連れて行ってくれたことでしょうか。なぜか現地のグルメや宿に詳しかったんです。そういえばあの頃はまだ収集癖もなくて、電車や飛行機に乗ることができればそれで満足してました」

そう言いながらひとみは笑みを浮かべる。当時のことは、良い思い出として心の中に残っていたようだ。

「頼もしい方なんですね。他にはどんな良いところがあるんですか？」

「ええと……頭がいいから塾に入れる前は娘たちの勉強も見てくれてたし、料理を作ってくれることもあったわね。上手ではなかったですけど……」

ひとみの口からは、次々と夫の良いところが出てきた。これならため息の原因となる問題も、近い将来解消することもできるのではないか。安子はそう思った。

「なんだ。いっぱい良いところあるじゃないですか」

しかし次の瞬間、ひとみの表情に影が差す。

「……それはもう、過去の話よ」

確かに現状はその通りだ。それでも未来は変えられる。

「どうしたら、以前のような状況に戻れるんでしょうね」

そう安子が問いかけると、ひとみは静かになった。それからしばらく沈黙が続く。この場の空気にふさわしくないポップなＢＧＭと、相変わらず激しく降っている雨の音だけが安子の耳に届く。それから一分ほど経過し、ＢＧＭが次の曲に変わった時だった。ハッとなにかに気づいた様子のひとみが声を上げる。

「あっ、そっか」

「どうかされましたか？」

「いえ、ちょっと思いついたことが――」

「いらっしゃいませ！」

なにを思いついたのか聞こうとしたタイミングで、日向が客を迎える声が聞こえた。そのため雑談はお開きとなってしまった。ただ、会話は中途半端になってしまったものの、ひとみはすっきりとした表情を浮かべている。元気になってくれたようだ。

ひとみは今日も満タンになったポイントカードの特典として、オレンジピール入りのチョコクッキーを受け取ると、雨の中を帰って行くのだった。

◇

肩を落とした優が来店したのは、土曜日の開店直後だった。

「あれ？　四谷さん、まだ三巻の発売には早いですよ」

優が定期購読している『ミリタリーコレクション』は、二巻が先日発売されたばかりだ。三巻の発売日は、まだ十日くらい先になる。

「……いや、定期購読を解約して欲しいんだ」

「えっ？　解約、ですか……」

まさかの申し出に安子は焦る。ここで素直に承諾することはもちろん可能だが、それをしてしまうと、失われる売上は非常に大きくなる。

「三巻の付録、四谷さんの楽しみにしていた飛行機だったと思いますが……」

「もう、いいんだ……もう……」

様子がおかしい。いつもは淡々と「あれと、それと、これも頂戴」といった口調で話す優が、口ごもっている。よく見てみれば顔色も良くなく、まるで生気を感じられない。

「どうされたんですか……？」

「もう……趣味はやめたから」

天と地がひっくり返っても出ないだろう言葉が、優の口から飛び出した。

「ちょっと待ってください。そんな簡単にやめられるものじゃないですよね？」

「もう……やめたよ。だって……部屋にはコレクション、一つも残ってないんだから」

そこまで言うと、優は今にも泣きだしそうになる。

「えっ⁉　残ってないって、どういう意味ですか？」

安子の心が俄かに騒ぎ始める。ひとみの夫であると推察される優が、真っ白になっているのだ。一体、なにが起きたのか。固唾を呑み、優の回答を待つ。

「――捨てられたんだ……女房に」

安子の顔からサーっと血の気が引く。ひとみは、なんてことをしてしまったのだろうか。いや、まだ目の前にいる優がひとみの夫と確定した訳ではない。それでも彼が大事なコレクションを捨てられたことには変わりはない。

人の価値観はそれぞれだ。安子は本とスイーツだけがあればいい。猫グッズにはそれほど興味を持てないが、創を否定したり、処分しようなんて絶対に考えもしない。創は猫のコレクションを処分されたら、それがたとえ日向が相手でも許さないと言っていた。コレクションとは、他人にとって無価値なものでも当人にとっては宝物なのだ。

もし……もしもだが、ひとみが優のコレクションを勝手に処分したというならば、由々しき事態である。

「人のいない時に、模型からカメラから根こそぎ……。もう手に入らないレアものだってあったのに……」

ワナワナと肩を震わせ、言葉を絞り出すように言った優。やはり相当ショックを受けているようだ。

安子は考える。今、自分のできることはなんだろうか。しかし、なにも思い浮かばない。なにもしてあげられない。そんなもどかしさに歯噛みしていると、優はカウンターから離れ店内を歩き始めた。そしてとある棚の前で本を見繕うと、数冊を手にして戻って来た。

「これ、買って来いって言われたから」

手にしていたのは、高校受験の参考書やドリルだった。数えてみれば、六冊。ちょうど一回でスタンプカードが満タンになる量だ。そこで安子はあることを思いついた。ここでクッキーと引き換えてもらえれば、優の住所を知ることができる。ひとみと住所が一致すれば、間違いなくこの二人が夫婦だという確証が得られる。

――そして夫婦と分かれば、ひとみから真相を聞くことができる。

ただ、優には以前もスタンプカードの説明をしたことはあるが、その時は財布がカードだらけになるからと断られた。だから今回はそうならないよう、安子は慎重に言葉を選び説明をする。

「四谷さん、スタンプカードってお持ちでないですよね？　六冊ご購入ですと、ちょうど満タンですので、こちらに住所をご記入いただくだけで景品と交換できますよ」

そう言いながら、住所などの記入欄があるカードの裏面を見せる安子。

「なにをくれるの？」

「こちらからお好きなクッキーをお一つどうぞ」

「クッキーか……いらないや」

　そういえば夫は甘いものが嫌いだと、ひとみから聞いていたことを思い出す安子。やはりこの人はひとみの夫なのか。しかし、このままではせっかくの確証を得られるチャンスをふいにしてしまう。

　どうしよう。安子が焦っているとトントン、と背中をたたかれた。振り返ってみれば、丸まったポスターを手にした日向が立っていた。そして安子へ向かってパチリとウィンクをする。どうやらクッキーの代わりにこれを景品として使えということらしい。これはいいアイディアだ。優はコレクションをやめたと言っていたが、嫌いにはなっていないはずだ。日向の意思をくみ取った安子は、そのポスターを広げて見せる。

「でしたら、こちらと交換でしたらいかがでしょう？　もちろん非売品ですよ」

　ポスターを前にした優の目は、一瞬にして少年のように輝く。

「おぉ、Ｆ‐２と16（ひとろく）式機動戦闘車だ……」

　安子が手にしているもの。それは『ミリタリーコレクション』のポスターだ。普段は役目を終了したら捨ててしまうものだが、つい先日まで掲示していたため、まだ残っていた。

　しかし、優の目が輝いていたのも一瞬だけ。すぐに元の生気のない状態に戻ってしまった。

「……やっぱいいや。もう趣味はやめたんだし」

「でも、無料ですから。これくらい、いいんじゃないですか？　これ、四谷さんが受け取ってくれないとゴミ箱行きになっちゃうんですよ」

　本人が断っているのに少々強引だなとは思いつつも、安子は目の前の男とひとみが夫婦である確証を得るため、ポスターをひらひらとさせる。優の視線はそんなポスターを食い入るように見ている。

「………そっか。なら助けてあげないと。……これくらい、いいよね」

　優はボールペンを手に取ると、スタンプカードの裏に名前と住所を書き始めた。その住所を見て、安子は確信する。

　――間違いなく優とひとみは夫婦だ。

　貴重な非売品が得られたからか、来た時よりも落ち着いた様子で店を出て行く丸っこい背中を、安子と日向は見送る。


　その日の夜。

「そういえば創さん。例の『ミリタリーコレクション』のお客さん、ひとみさんの旦那さんだったよ。それでね。旦那さんがいない間にそのコレクション、勝手に捨てられちゃったみたいなんだ」

恒例となった反省会の話題の中心は、もちろんひとみと優のことだった。結局今日はひとみの来店がなかったため、事の真偽は確認できなかった。

「ひっどいことするな……」

創は青筋こそ浮かべていないものの、目を細めて不快感を表す。自身もコレクションをしているからこそ、思うところがあるのだろう。

それから安子は創へ事の顚末を説明する。ひとみがほぼ毎日幸福堂に来るようになった理由から、真っ白になった優が来たところまでだ。

「こんな事になるくらいだったら、コレクション系の商品、もう売らない方がいいのかなぁ……」

「いや、欲しい奴はここになけりゃ他で買うだけだ。だから気にするな」

「そっか……そうだよね」

創の言葉で安子の胸につかえていたものが一つ、落ちていった感覚がした。しかしまだ安子の胸はすっきりとしない。それは根本的な問題が解決していないからだ。

「それでね。私、考えたんだけど、二人と一緒に話せる機会を作れないかなって。あの二人、絶対にお互いのことを誤解してると思うんだ。それが原因で距離が離れちゃって。距離が離れるからまた誤解が広がって……」

負のスパイラルに陥っている。間違いなく。

「んなことして、また面倒ごとにならないか？」

創がそう心配するのも当然だ。先月も安子は客の家庭内騒動に巻き込まれたばかりなのだから。

「僕も必要以上にお客さんのプライベートに突っ込むのは反対かな。もっと結果が悪くなったら安子さん、耐えられないんじゃないかな」

日向が言うことも、もっともだ。二人と話せる機会を作ったとしても、問題が解決できる保証などどこにもない。悪化などしてしまった日には、安子は今以上に自分のことを責めることになるだろう。先月だって、自分のせいで志保と高志が離婚してしまうかもと悩んでいたのだから。

「でも、あの二人は絶対に話し合わないといけないんだよ」

テーブルに両手をつき、安子さんはあの二人になにかしてあげようって思うの？」

「うーん、どうして安子さんはあの二人になにかしてあげようって思うの？」

「それは……」

「それは？」

とても、とても大きな理由がある。

「……コレクションを捨てちゃったの、私のせいかもしれないんだ」

安子は胸につかえていた、一番大きな原因を吐き出した。

「どういう意味？」

安子は創と日向に、ひとみと交わした会話を再現する。ひとみに優の良いところを思い出してもらったくだりだ。

「――それで楽しかった過去に戻ろうとして、コレクションを捨てちゃったんじゃないかなぁって」

「それは考えすぎじゃないかなぁ」

「絶対にそんなことない！」

安子は力強く否定した。ひとみは過去のことを思い起こした後、明らかにすっきりとした顔をしたのだから。

このことがきっかけで離婚にでもなったら二人の娘はどうなるのだろう。逆上した優がひとみを手にかけたりしないだろうか。あらゆる不幸な未来が安子の頭を掻きまわす。

「安子さん？」

普段見せない安子の様子に、声をかけた日向だけでなく創も心配そうな顔をしている。

「……あのさ、私たちのお店の名前は、幸福堂でしょ？」

「うん」

「幸せって文字が入ってるのに、お店と関わったお客さんが不幸になっちゃうのは見過ごせないよ」

震えるような安子の声を、創と日向は黙って聞いている。

「店名の由来、前にも話したよね？　おじいちゃんが、関わる人みんなが幸福になるようにってつけた名前なんだよ。だから……幸福堂は絶対……絶対に『幸せが訪れる店』にしなきゃ、いけないんだよぉ……」

そして、再び沈黙が部屋を支配した。

俯いて涙を必死にこらえている安子に、どうしたら良いのか分からない様子の創。そして、その二人を交互に見ている日向。二人がどのようなことを考えているかは分からない。それでも安子は、心の底から感じていたこと、思っていたことを伝えることはできた。そのうえで反対されたら、もう諦めるしかない。

「…………」

「…………」

「安子さんの気持ちは分かったよ」

そう言ってくれたのは日向だった。安子は顔を上げると、赤くなった瞳で日向を見る。

「安子さん。『ナミヤ雑貨店の奇蹟』って小説、知ってるよね？」

「うん……もちろん」

この小説は、東野圭吾の作品の中でも安子の一番好きなものだ。客の悩み事に真摯に回答する店主がいる雑貨店が舞台の話で、手紙で過去と未来が繋がる、少しだけファンタジー要素のある話だ。

「あの話の良さは、細い糸で結ばれた人間模様だと思うんだけど、経緯はどうであれ相談したことがきっかけで多くの人の悩みが解決したってことは間違いないからね。安子さんの話を聞いてたら、幸福堂も安子さんに悩みを相談すると、不思議と解決できる。そんな店になれるんじゃないかなって思えてきたよ」

「それなら……」

「僕は安子さんに全面的に協力するよ。創さんは？」

安子は創へと視線を切り替える。

「正直、俺は人生相談なんて門外だと今でも思ってる。それでも……お前の理想とする店は、俺も悪くないと思う」

「……二人とも、ありがと！」

再び安子の瞳から涙があふれてきた。ただし、先ほどとは違う味の涙だ。

「よし、話もまとまったことだし、暗い話は終わりにして、創さんの試作を食べてみようよ」

日向の言葉で、安子は手つかずだった手元の皿へ視線を落とす。新味のガトーショコラだ。ケーキそのものの見た目は、今までのガトーショコラと変わらない。ただし、今までと違うのは、皿に生クリームが添えられていることだ。その上に乗っている小さなミントの葉が、見た目の可愛らしさを演出している。安子は涙をハンカチで拭うと、フォークを手にする。

「いただきます」

安子はケーキの先を三センチほど切り取る。そしてぎりぎりツノが立たない程度にホイップされた生クリームをつけ、口へ運ぶ。まず感じたのは甘すぎない生クリームの優しい香りだ。噛み締めればそこから、じわぁと溶け出すように、ビターなチョコレートのほろ苦さが溶け出してきた。だが、それがまた心地良い。これは大人の味だ。それに、ちょっとだけしょっぱく感じるのは、涙の名残だろうか。

「うん、美味しい！」

安子は顔いっぱいに笑顔を広げる。やはりスイーツには人を元気にする力がある。

「よかった。元気になってくれて。ね、創さん」

「おう。落ち込んだ時にはスイーツを食うに限るな」

「だねっ！」

新作以外にも目の前には数多くのケーキがある。安子は束の間の幸せな時間を堪能するのだった。

◇

・幸福堂の裏にある倉庫に、大きくホコリが舞い上がった。安子はたまらず袖で口を覆うが、時すでに遅く、既にしっかりと吸い込んでしまった後だった。
「ゴホッ、ゴホッ」

「安子さん、本当にここにあるの？」

「絶対あるはずだよ。お父さんがここに片付けてる姿、よく見てたもん」

その隣で所狭しと積み上げられた段ボール箱を、創がせっせと発掘している。三人の中で一番の力持ちは、こういった仕事でも心強かった。段ボール箱の外側に、なにが入っているか書かれていないため、開けては閉じる。そしてその箱を別の場所に移動させるという作業を繰り返している。

安子は呼吸を落ち着かせると、再び発掘作業を再開させる。

箱の中身は、もちろん本や雑誌だ。主に安子の父が気に入ったものをどんどん保管していった結果、このような状態になった。「将来価値が出たら、家でも建つかもしれんな」と口癖のように言っていたことが懐かしい。

三人が探しているもの。それはとある雑誌のバックナンバーだ。しかも今年、去年といった直近ではなく、相当前のものだ。

なぜそんなものを探しているかというと、優とひとみに、双方のことを理解し合えるようになってもらいたいからだ。そのためには二人同時に店に来てもらう必要がある。

安子が四谷家へ押しかけるという手段もあったのだが、安子が考えたプランは幸福堂でないとできないことだ。だからこうして四谷夫妻に——特に優に店へ来てもらえるための動機を探している。

「あった！　これだよ」

安子が手に取ったのは、飛行機が表紙を飾っている雑誌だった。発行日を確認してみれば昭和五十五年。まだ安子が生まれる前のものだ。そこからは金脈を見つけたかのようにザクザクと同じタイトルの雑誌が発掘された。そのどれもが昭和の発行日だった。

これなら優の興味を引くことはできるはずだ。居ても立ってもいられなかった安子は、ちょっと遅いかなとは思いつつも、優の携帯へ電話をかける。

「四谷さん、夜分にすみません。実は、倉庫からかなりレアな雑誌を発掘しまして……四谷さんなら喜んでいただけるかなと」

『えっ、どんなもの？』

「航空ファンなら誰もが知ってるあの雑誌です。それの昭和五十年代のものがたっぷりと出てきました。お売りすることはできませんが、見ていただくことなら可能ですので、いかがかなと思いまして」

『ほんと⁉　それ、次の土曜日でも大丈夫？』

「はい。もちろんです。ただ、店が混み合うとお見せできないこともあるかもしれないので、できれば早い時間がありがたいです」

『分かった。開店一番に行くよ！』

　この様子なら、コレクションは諦めたものの、趣味を嫌いになったということはなさそうだ。これでステップの一つはクリアだ。

　翌日。ひとみはコレクション処分のことなどなかったかのように、いつも通りにやって来た。

「ひとみさん。実は、新作のガトーショコラが完成したんですよ」

「ほんとですか⁉　なら、今日はそれにするわ」

「それがですね、今日はまだお出しできないんです。でも今度の土曜日の開店前、朝九時半に常連さんだけを招待して試食会を開くんです。ご都合はいかがですか？」

　ひとみはトートバッグから手帳を取り出すと、カレンダーを確認する。これで予定が合わない場合、また調整をする必要がある。

「よかった。土日は交互に出勤しないといけなかったのですけど、ちょうど次は休みです。絶対に行くわ」

　幸い、ひとみの予定も空いていた。これでセッティングはＯＫ。あとは二人が予定通り来てくれることを祈るだけだ。

　運命の土曜日は、あっという間にやって来た。枯葉が道路を駆け抜ける十一月中旬の朝。安子はいつもより早く店を開ける。外の空気を浴びるとブルッと震えるほどの寒さとなったが、天気は上々だ。カラッと晴れ上がった空が、意気込む安子を応援しているようにも感じられる。

「もう、すっごく楽しみにしてたのよ」

九時半よりも五分ほど早く、まずはひとみがやって来た。今日は仕事が休みということもあってか、いつもの簡素な服装ではなく、晩秋らしい栗色のコートに、白いマフラー。それに暖かそうなグレーのロングスカートといういで立ちだった。

「ではこちらにどうぞ」

　安子は早速、新しいガトーショコラを提供する。

「うん。いつものとは別物ですね。すっごく美味しいです！」

ひとみは添えられた生クリームの量を調節しながらケーキを堪能する。しかし途中から店内が気になったのか、キョロキョロと辺りを見回す。

「ところで……私以外のお客さんは招待してないのですか？」

「招待はしたんですけどね、唐突すぎたみたいで予定が合ったのがひとみさんだけだったんです。時刻も早すぎですしね」

もちろん実際はひとみ以外、誰も招待していない。しかしそんなこと知る由もないひとみは「なら、私だけの貸し切りね」とご満悦の様子だ。

ひとみに他のケーキも試してもらっていると、店の時計が十時を告げた。そしてタイミングを見計らったかのようにもう一人のゲスト、優がやって来た。二人はお互いの存在をすぐに認識すると、黙って顔を見合わせる。

「…………」

「…………」

「なんで君がこんなところに」

先に口を開いたのは優だった。イートインスペースまでやって来ると、ひとみを見下ろし睨む。その強い視線にひとみは思わず顔をそらす。やはり二人の関係は最悪なようだ。

「実は、今日はお二人に話があったので、こうしてお店に来ていただいたんです」

「僕たちに……？」

優だけでなく、ひとみも頭の上に疑問符を浮かべている。もう他の客も来る時間のため、これから先の話は店内で行う訳にはいかない。そのため安子は二人をバックヤードのテーブルへ案内する。ここならキッチンにいる創の目が届く場所だから、いざという時にも安心だ。

席に着くと、落ち着かない様子の二人に向けて、安子は口火を切る。

「さて、ひとみさん。単刀直入に伺いますが、優さんのコレクション、捨ててしまったんですか？」

「………………」

ひとみは安子の言葉を否定しなかった。その代わり、その表情はみるみる固くなっていった。

「どうしてまたそんなことを？」

「……あのガラクタが……あれさえなくなれば、私と娘たちにもっと時間を向けてくれると思ったのよ！」

そう言うと、ひとみは「うわっ」と泣き出す。やはり捨ててしまった理由は、安子の想像した通りだった。

「だからって、勝手に捨てるだなんて……。あのコレクションには小さな頃の思い出も詰まってたのに……」

「だって……あなた……全然話、聞いてくれないし……もう、これしか……」

嗚咽（おえつ）交じりにそう訴えかけるひとみ。

「ひとみさん、すごく将来のことを心配されてたんですよ。娘さんの進学のことから老後のことまで」

「それは人のものを捨てることと関係あるの？」

「十分にあります」

安子はひとみに視線を送る。ここは本人に言ってもらった方がいい。

「……もう、これ以上……無駄遣いはして欲しくなかったの」

「ならなんでケーキなんて無駄遣いしてるの？　そんな甘ったるいものに浪費するくらいなら、形に残っていざという時に売れるコレクションの方が百倍マシじゃん」

ひとみから聞いていたままの会話が交わされたことで、安子は思わずため息を落とす。

「優さんは、コレクションがなくなってどう思いました？」

「もう、真っ白になったよ。僕の人生を否定されたようなものだからね」

「ひとみさんにとって、ケーキが優さんのコレクションと同じなんですよ」

コレクションが優の楽しみならば、ケーキを食べるということが、ひとみの楽しみなのだから。分野は違えど、心を満たす行動という根源は同一だ。

「僕のコレクションは売れば金になったのに……。消費するだけのケーキとは違う！」

残念ながら安子の意図は、優に全然伝わっていなかった。

「優さん。自分の欲求は満たしてたみたいですけど、奥さんの欲求は満たしてあげましたか？　自分の趣味に集中するあまり、相手のことを考えなさすぎじゃないですか？　その結果、コレクションを捨てられてしまったんですよ」

「それは……」

続いて安子はひとみへ視線を向ける。

「ひとみさん。たとえ話を聞いてもらえないからといって、勝手に人のものを処分するのはよくないです。価値観は人それぞれなんですから、理解できない部分は会話で補うしかないじゃないですか」

「…………」

ひとみはなにも言葉を返さなかった。

「僕の想い出は、もう帰ってこないんだよ……」

優は声を震わせながらそう言った。やはりショックは相当だったのだろう。安子だって本棚には小さな頃に読んだ、本好きになるきっかけとなった絵本を今でも保管している。もう何百回と読み返してボロボロになったものだ。それが処分されたらどういう気持ちになるのか分からない。たとえ古書店で同じ絵本を見つけたとしても、それは同じものではない。唯一無二のものなのだ。ひとみがしたことは、もう、取り返しがつかないことなのだ。

「…………」

「…………」

「あのね……」

通夜のような雰囲気の中、そう切り出したのはひとみだ。皆の視線がひとみに集中する。

「実は……あなたのコレクション、捨てたんじゃなくて実家に預けただけなの」

「へっ⁉」

思わぬひとみからの告白に、優は素っとん狂な声を漏らす。安子も声こそ漏らさなかったものの、口を半分開けて間抜け面を作っている。

「ぜんぶ、私の実家にあるんです。だから、安心してください」

ひとみがゆっくりと紡いだ言葉が残響となってこだまする。それが程なく壁へと吸収されると、小さなバックヤードは再び静寂へと戻った。

「………よ、よかったぁ」

優は全身の力が抜けたのか、その場でテーブルに突っ伏す。

「どうして今まで嘘を？」

「ごめんなさい……ちょっとだけ困らせてみようって軽い気持ちでしたことなのに……。こんなに落ち込むだなんて思わなかったのよ。謝らないと。実家にあるんだよって言わないと。そう何度も思ったのだけれど、どう切り出していいのか分からなくなってしまって……」

「いいんだ。捨てられてないってことが分かればそれで……」

思わぬ展開だったものの、これでコレクションの処分については解決だ。

しかし、まだ二人がすれ違った原因となった価値観の違いは残ったままだ。こればかりは時間をかけて話し合ってもらうしかないが、最低限のきっかけだけはここで作っておきたい。

「ほら。持ってきたぞ」

ここで突然、三人のものでない低い声が割って入ってきた。声の主は創だ。手には先ほどひとみが試食したビターなガトーショコラがあった。これは、安子が合図を送ったら持ってきてと示し合わせていたものだ。安子は「ありがと」とケーキを受け取ると、優の前に差し出す。

「優さん。これは、ひとみさんが人生の楽しみとまで言ってくれたケーキです。いちど食べてみませんか？」

「僕は甘いものが嫌いで……」

「そうおっしゃらずに、ぜひ一口だけでも」

安子に促され、優は嫌々ケーキを口へ入れる。すると表情は一変。

「甘く……ない⁉」

「はい。甘ったるいだけがケーキじゃないんですよ」

優は誰に勧められるでもなく、二切目を口に入れた。そんな様子を誰よりもしっかりと見ていたのは、ひとみだ。

「……いいな。私にもいいかしら？」

ひとみに促され優はケーキをフォークに取ると、ひとみの口へ差し出す。それをパクリと口に含むとじっくりと味わうひとみ。その瞳から涙がこぼれ、ツーっと頬を伝った。そんなやり取りを安子はほほえましく見守る。

「うん。やっぱり美味しい。そういえば……お酒のあてによくチーズを食べるでしょ。幸福堂さんのチーズケーキ、意外と合うと思うのよ」

「そうなの……？」

それからひとみのケーキ談議が始まった。しかしまだ言葉にはどこか遠慮した様子が感じられる。優は早くコレクションと再会したいだろうに、ひとみの話を嫌がる訳でもなく耳を傾けている。

これなら大丈夫そうだ。

「あとはじっくりとお二人で話し合ってください」

安子はそう言い残すと席を外す。そしてキッチンから二人の会話に耳を傾ける。

「……………その……悪かった」

「私も、ごめんなさい。あんな強硬手段に出ちゃって……」

安子がいなくなったことで、二人の会話に変化が訪れた。双方の謝罪から始まったぎこちない会話は、あっという間に打ち解けたものとなっていく。

「ねえ、あなた。ＳＬが見える温泉宿があるの、知ってる？」

「えっ。それ、どこ情報？」

「旅行サイトで見たの。ほら……」

「ほんとだ。知らなかったよ……。まさか僕がそんな情報を見落としてただなんて。なんでそれ、もっと早く教えてくれなかったの？」

「だって、旅行に行こうって話、まったく聞く耳持ってくれなかったじゃないの」

「う、確かにそうだけど……」

「これからは今日みたいに、いっぱい話を聞いてくれると嬉しいな。私もあなたの趣味、一緒に楽しめるように努力してみるから」

「うん。分かった」

　双方が歩み寄ってくれている。これなら安子の作戦は成功と言っていいだろう。せっせと作業していた創へ向け安子が親指を立てると、創は白い歯を覗かせる。

　それから小一時間が経過した。幸福堂の店先には、安子に見送られる優とひとみの姿があった。優の手にはケーキの箱と本が入ったビニール袋が提げられている。ケーキの箱には、おつまみ用と娘たちへのお土産が、ビニール袋には、昨日発売されたばかりの『ミリタリーコレクション』三巻が二冊入っている。

「本当にお世話掛けました」

　ひとみは安子へ頭を下げる。

「とんでもありません。またいつでもいらしてくださいね」

「はい。また新しいガトーショコラ、食べに来ます」

「優さんも、また気軽に来てくださいね」

　そんな安子の言葉に、優はなにも言葉を返さなかった。しかしその視線は安子へと向いている。なにか言いたいが、言い出せない。そんな表情だ。

「優さん、どうされました？」

「あの……例の雑誌って……」

「あっ⁉　ちょっと待っててください！」

　完全に失念していた。安子は慌てて店に戻ると、ホコリまみれになりながら発掘したお宝の中から一冊だけを持って来る。

「はい。これです」

「おぉ、本物だ！」

　優は感慨深そうに年季の入った雑誌を眺める。そして、ペラペラとページをめくり始めた。

「百冊以上見つかったんですよ。非売品の本棚を用意しておきますので、ぜひ今度ひとみさんと一緒にケーキを食べがてら、読みに来てください」

「うん、そうするよ」

雑誌も見たいが、それよりも今は早くコレクションと再会したいのだろう。だから優は名残惜しそうにしながらも、安子に雑誌を返す。

「では、早速これから実家に帰ってコレクションを取ってきます」

「はい。お気をつけて！」

安子に見送られ、二人は帰っていった。これからこの二人にはどんな未来が待ち受けているのだろうか。

コレクションをもとの部屋に戻すと、またひとみの嫌いなごちゃごちゃとした部屋に戻ってしまう。ひとみはそれを許容できるのだろうか。それに優の浪費癖が落ち着くという保証はないし、チーズケーキだって口に合わない可能性もある。心配事を考えだしたらキリがない。

そんなことを考えていると、いつしか二人は交差点を曲がり、その姿は見えなくなっていた。

「お疲れ様、安子さん。うまくいったみたいだね」

振り返ってみると、いつの間にか日向が立っていた。

「うん……」

「あれ、どうしたの？」

「家に帰ってからも大丈夫かなって、ちょっと心配になって」

安子は心に浮かんだ心配のひとかけらを日向へ説明する。

「そういうことね。あのさ『ナミヤ雑貨店の奇蹟』も、悩みに対する店主の回答はきっかけで、実際に問題を解決したのは本人の心持だったでしょ。本当の意味で解決するのは明日かもしれないし、十年後かもしれない。それでも安子さんは、十二分にそのきっかけになったんだよ」

「そっか……うん、そうだよね！」

「さてお店に戻ろう。今日は土曜日だから忙しくなるよ」

「うん！」

安子は店に掲げられた看板を見上げると、ぐっとこぶしを握る。今日も甘そうなチョコレート色の看板には、幸福堂という文字が輝いていた。

四章　親子のイチゴショート

五島アリサはイライラしていた。

「もう、遅刻しちゃうじゃないの。早くこっちに来なさい！」

イライラの相手は五歳の息子、雄大だ。今日は午後五時から駅前の英会話教室でレッスンがある。もうその時刻はあと十分にまで迫っている。自分は既にコートを着て準備万端だというのに、雄大には出かけようという気配すらない。相変わらず床に積み木を広げ、遊んでいる。

「ちゃんと約束が守れないんだったら積み木、捨てちゃうよ」

「やだっ！」

「なら、早く行くよ！」

それでも雄大は動こうとしない。アリサは最後の手段とばかり、ツカツカと雄大のもとへ行き右腕を取ると、無理やり立ち上がらせる。

「やだ！　行きたくない‼」

雄大はアリサの手を振りほどくと、するっと脇の下を抜ける。

「あ、こらっ！　待ちなさい！」

しかし雄大は聞く耳を持たなかった。タタタッと走り廊下へ出ると、すぐにバタンとドアが閉まる音が響いた。そして続くカチャ、という音。しまった。トイレに籠られてしまった。こうなったら雄大は梃子でも動かない。

トイレのカギは、ドライバーを使えば外からでも開けられる。しかし、無理やり引きずり出しても泣き叫んで暴れるだけだ。泣き腫らした顔で英会話に連れて行くことなんてできない。だからなんとか自主的に出てもらわなければならない。

「雄大はもうすぐ小学生になるんだよ。ちゃんと言うこと聞けないと、立派な大人になれないんだよ？」

「知らない！」

怒気を抑え、可能な限り優しく言う。

「ママ、雄大のことを思って言ってるんだよ」

「…………」

交渉決裂だ。ドア越しにゴソゴソと音はするものの返事はなし。完全に籠城体制に入ってしまった。

「もういい。そんなとこに閉じ籠るんだったら晩ご飯抜きね！」

息子の籠城はいつも長い。腹をすかせるまで籠ることもあれば、寝落ちすることもある。

いずれにしても、もう英会話の時間には間に合わない。アリサは仕方なしに、教室へ欠席の電話を入れる。

昨日も同じ調子でスイミングをすっぽかした。小さな頃からスイミングをやっておけば、心肺機能が高まるし病気にも強くなる。そう聞いたから取り組ませているのだ。ただでさえ風邪を引きやすいのに、これでは強い子に育ってくれないではないか。

英会話だってそうだ。これからの国際社会、英語くらい話せないと碌な仕事に就けないのだ。いや、それは言い過ぎかもしれない。それでも、英語が話せれば大きな武器になることは間違いない。

だからこうして必死に教育しているというのに、親の心子知らずとはまさにこのことだ。

「ほんとに、あの子は……」

息子の送迎という用事がつぶれたアリサは、仕方なしに夕食の準備に取り掛かる。今日のメニューは生姜焼きだ。豚のロース肉を漬けダレに浸し、キャベツを千切りにする。

五島家の夕食は六時半と決まっている。時刻が近づくと、醤油ダレに漬けていた豚のロース肉をフライパンで焼く。ジュウジュウという音とともに、生姜焼きの良い匂いが漂ってきた。籠城している雄大も、もうすぐ出て来る頃だろう。

「ママぁ……おなかすいたぁ」

ほら来た。真っ赤な目をして半泣きになった雄大が。

さっきは怒りに任せて「晩ご飯抜き」などと言ったが、本当に与えなければ児童虐待になってしまう。その方がいい薬になるのでは、と思ったことは一度ではない。それでも自分は息子のことを誰よりも想っているのだ。だから、そんな可哀そうなことはできない。

「手は洗ってきたの？」

「まだぁ」

アリサはコンロの火を止めると、雄大を洗面所に連れて行く。そして手を洗い、除菌液で仕上げをする。

それから雄大を椅子へ座らせると食卓を拭く。台拭きで一度拭いた後、除菌シートでもうひと拭き。冬だから食中毒の心配は夏ほどではないが、どこに菌が付いているかは分からないため、徹底するに越したことはない。

もちろんインフルエンザの対策だって抜かりはない。だからこの季節は、空気清浄機能付きの加湿器がフル回転だ。

そしてようやく食卓へ配膳をすると、二人だけの夕食を迎えるのだった。

その夜。籠城に疲れたのだろう、雄大は風呂から上がるとすぐに寝てしまった。時刻は午後八時を過ぎたところだ。夫は毎日激務をこなしているため、まだ帰って来ない。だからこそ育児は自分が頑張らないといけない。それなのに、今日も怒鳴ってしまった。

教室に行きたくないと言う息子に対して「晩ご飯抜き」と怒鳴るなど、売り言葉に買い言葉だ。いつも怒らずに冷静に対応しようと思っているにもかかわらず、言うことを聞いてくれないと、どうしても怒鳴ってしまう。

「ごめんね……ママがこんなママで……」

静かに寝息を立てる雄大の頭を撫でながら、アリサは涙を零す。

アリサは貧しい家庭で育った。どのくらい貧しいかというと、一日の食事が学校の給食だけという日が何日も続くくらいには貧乏だった。珍しく夕食を作ってもらったとしても、五人兄弟の末っ子であるアリサは、同じく腹をすかせた兄、姉たちにおかずを取られ、満足に食べることができなかった。

栄養が足らなかったせいかは分からないが、勉強もできなかった。もちろん塾なんて行かせてもらえる訳もなかった。かといって両親に勉強を教えてもらった記憶もない。だから成績はいつも下の上くらいだった。

父は仕事をよく変えていたらしい。そして家にいる時は、たいてい酒を飲んでいた。酔った勢いで殴られたりということはなかったものの、構ってもらったという記憶もない。母も似たようなものだ。教育に無関心とばかり、テストや通知表を見せても「ふーん」と言うだけだ。もしかしたら無関心なのは教育だけではなく、アリサ本人に対してだったのかもしれない。

そんな家庭だったから、高校を卒業すると同時に家を飛び出した。それからは彼氏の家に居候したり、住み込みのバイトをするなどして食いつないできた。

　そんなアリサだったが、二十二歳の時に人生の転機ともいえる出来事に遭遇した。それは、今の夫との出会いだ。夫は、アリサが事務員としてバイトをしていた会社の取引先として、アリサの会社に出入りしていた。その関係で、よく会話をすることがあった。後から聞いた話だと、アリサに一目惚れしたらしい。

　そんな夫と結婚できたことが、人生唯一の大金星だ。年は一周り以上も上だし顔は冴えないが、収入はそこそこある。結婚後に住んでいるこのマンションも、出会った頃には所有していた。こんな自分に一人前の暮らしをさせてくれている。申し分のない夫だ。

　その反面、夫は忙しくて育児になかなか参加できない。だからこそ、この子は自分がしっかりと育てなければならないのだ。この子には将来、良い思いをしてもらいたい。まかり間違っても、自分と同じ辛い思いをさせてはいけない。

　それなのに……現実はどうだ。思うようにいかないことばかりだ。言うことは聞いてくれないし、お受験だって失敗してしまった。週に六日も習い事をさせていたにもかかわらずだ。

　駄々をこねても、いつも最後はこうして許してしまうから舐められているのだろうか。そうに違いない。それならば、これからはもっと厳しくした方がいいのではないか。

　——自分と同じ轍を踏ませないためにも。

雄大の寝顔を見ながら、アリサは心を鬼にすることを決意するのだった。

『今すぐここから退去しろ！』

『でも……でも……』

『でももへったくれもないんだよ。何度も言ったはずだよね？　ここはもうウチのものだって。「すぐになんとかします」って言ったの、覚えてる？　そのたびに裏切られてんだよ、こっちは。そりゃ、堪忍袋の緒も切れるってもんだ』

『ここは私のお店なんです！　あとちょっと……あとちょっとで、うまくいくはずなんです。だから――』

安子(やすこ)は今、テレビを見ている。この番組は、幸福堂でも売れ筋の小説がテレビドラマ化されたものだ。経営コンサルタントの主人公が、毎回登場するつぶれかけの店を立て直すという、一見すると堅めの設定だ。それにもかかわらず、アクションあり、涙ありの読者を飽きさせない仕掛けがたっぷりと詰まっている。

テレビでは今まさに、女性店主が必死に守ってきた店を取り壊そうと、重機が迫っている――今日のハイライトシーンだ。万事休す！　そう思われた矢先――

『そこまでにしてもらおうか！』

　そんなセリフと共に颯爽と現れたのは、イケメン俳優演じる本作の主人公だ。高い背に甘めのマスク。まるで創と日向を足して二で割ったような風貌だ。

　主人公が、趣味の悪いスーツを着た男に公文書偽造の証拠を突きつけると、あっという間に形勢は逆転。なぜか一緒にやって来た警察官に逮捕されてしまった。

　それから主人公は、本業であるコンサルタントとして女性店主と二人三脚で店を盛り上げていくのだが、そのくだりは実に短い。この物語においてそのシーンはエピローグに過ぎない。メインは悪を斬る話なのだ。

　それ、経営コンサルタントの仕事じゃないだろうという突っ込みも多いが、そこも含めてエンターテインメントとして支持を受けている。

「うん。実にスッキリだ」

　安子はテレビの電源を切ると、湯飲みを手に取る。しかし残念ながらお茶はもう残っていなかった。暖房をケチっているから、コタツから出て淹れに行くのは寒い。だから安子はミノムシのようにコタツの中に体を潜り込ませる。そして今しがた見たストーリーと自分を重ね合わせる。

「この物語みたいに劇的じゃないけど、もしかしたら創さんと日向君が、幸福堂書店って物語の主人公キャラなのかもしれないなぁ……」

創が幸福堂に来てくれたからこそ、もう一度しっかりと商売に取り組もうと思えた。それだけではない。強盗という人生最大のピンチに颯爽と登場し、助けてくれた。

日向はその笑顔で毎日心を潤してくれる。それに小説談議ができることが、とても嬉しい。そして忘れてはならないのが、改装費用をポンと出してくれたことだ。

二人が来てくれたことで、収入も上向いている。こうやって思い返してみると、安子は本当に物語のヒロインのようだ。

「でもなぁ。『私の人生』って物語なんだから、主人公は私でなきゃ」

今日までの劇的な変化は、創の創作力と日向の資金力があってこそできたという節も強い。安子にだってプライドはある。これ以上二人に、おんぶにだっこというのも面白くない。だから安子は考える。

「なにか本屋さんでできること、ないかなぁ……」

今でも日向と一緒に、書店側の売り場を工夫して作っている。ベストセラーではないが「これは面白い」と二人が絶賛する小説のコーナーや、地元作家の棚などだ。しかし残念なことに、その売場の商品が爆発的に売れたということは一度もない。やはり定番の雑誌だったり、ドラマ化されるような人気作が売上の多くを占めている。

どうすればこの状況を変えることができるのだろうか。

スマホで消費している時間の少しだけでも本に目を向けてもらいたい。ネット書店で済ませてしまっている人にも、書店へ足を運んでもらいたい。そして、本を読む習慣がまったくない人にも、本を手に取ってもらいたい。

そのためにできることを安子は考える。

小さな頃から慣れ親しんでもらえばいいのだろうか。それなら慣れ親しまずに大人になった人は？　その親に育てられる子供だって必然的に本に触れる機会は少なくなるに違いない……。

コタツの温もりに包まれながらそんなことを考えていると、安子の瞼は次第に重たくなっていくのだった。


翌日。幸福堂が開店してから少し経過した頃。

「あー、喉が痛い」

安子は水筒の水を飲むと、今度はのど飴を口に含む。

「どうしたの、安子さん？」

「昨日、例のドラマ見た後、コタツで寝落ちしちゃってね」

目覚めたら汗をかいていた。ヤバイ！　と焦って着替えて布団で寝たものの、喉を痛めてしまった。

「あら……この季節は乾燥してるからね」

「うん。ちょっと難しいこと考えたら、あっという間に寝てたよ」

口の中で飴玉を転がしながらそう答える安子。

「難しいこと？」

「うん。ケーキはもう創さんの手がいっぱいになるくらい売れてるでしょ？　だから今度は、本屋さん側をもっと盛り上げたいなって考えてたの」

相変わらずケーキは創が一人で作っているため、製造数に限りがある。安子も何度か手伝おうかと提案したのだが、創には毎回「俺の作りたいものを作る」と断られていた。

それはクリスマスケーキとて例外ではない。だから予約を受け付ける数量は、一日十個限定だ。二十三日から二十五日までの三日間で総数は三十個。せっかくの書き入れ時としてはものたりない数量だが、創は今でも朝早くから夜遅くまで働いている。いつもの仕事にプラスして予約分をこなさなければならないため、これ以上の増量を望むことはできなかった。

ちなみにクリスマスケーキは、ほとんど常連の予約で埋まっている。志保はケーキ廃棄事件がきっかけで少し遠くに引っ越したにもかかわらず、予約をしてくれた。記憶に新しいひとみも、予約してくれている。もちろんチョコレート系のケーキだ。そして忘れてはいけないのは、いつの日かの背の高いマダムだ。彼女はなんと五つも予約をしてくれた。来店頻度は低いが買う時はいつも大量だ。きっとプレゼントに使ってくれているのだろう。

創の味なら、立地さえ良ければ多くの人に買ってもらえる。安子の目論見は、見事に当たる形となった。既にケーキの売上は天井に差し掛かっている。だからこそ書店側を伸ばしたい。

「そういうことね。確かに伸びしろがあるのは本屋さん側だよね」

「でも、なにをどうしていいのか全然分からなくて……」

それから安子は日向へ、昨夜考えていたことを話す。

「確かに……娯楽の時間は奪い合いが激しいもんね。僕も、どうやったら小説がスマホのコンテンツに勝てるのか毎日考えてるんだけど……難しい課題だよ」

電車の中。休憩時間。それに夜の自由時間。ちょっとした隙間時間に人が手に取るモノといえば、以前は確実に新聞、雑誌、それに本だった。それが今では圧倒的にスマホに押されている。そのスマホの画面に表示されているコンテンツが電子書籍という可能性もあるが、それもまた幸福堂のライバルだ。

「日向君もそんなに考えてくれてたんだ」

「もちろん。紙の本は僕らの生命線だからね」

「だけどさ、本ってスーパーみたいに特売セールなんてできないし」

集客のために特売を行うのは、手っ取り早い方法だ。しかし、書店ではそれができない。なぜなら、本には再販制度というものがあるからだ。書店は出版社が定めた定価で販売することを守る。その代わり、汚損などがない限り定められた期間内であれば自由に返品することもできるという制度だ。

「うん。やっちゃいけないし、仮にセールなんてしたら、あっという間に赤字になっちゃうからね」

日向の言う通り、本の利益率はケーキと比較すると驚くほど低い。一冊万引きされると、その損失を取り戻すために同じ本を四冊は売らないといけないのだ。だから値下げが禁止されていなかったとしても、セールには向いていない。

「それなら雑貨を置いてみる？　本よりは利益率もいいと思うし、雑貨のついで買いで本が売れるかもしれないよ」

「改装前は置いてたんだけどね……全然売れなくてホコリかぶってたんだ」

だから今は、学校で必要になる最低限の文具しか置いていない。それにスペースの都合もある。以前とは違い、店の半分はパティスリーなのだ。

「そっか……近所の大手チェーン店は、文庫売り場を減らして雑貨を広げてたからさ」

「えっ、そんなことしてたんだ……」

大手チェーン店ならば合理的な判断のもと、そうしたに違いない。ということは、きれいな店構えになった幸福堂ならば雑貨を置けば売れるようになるだろうか。しかし、安子の目標はそこではない。

「できれば本で勝負をしたいよ。それもまだ幸福堂に来てない、将来の常連さんたちに来てもらえるといいんだけどなぁ……」

店のドアが開き、本日最初の客が来たのはそんな時だった。まだ幼稚園に入るには小さな女の子を連れた女性だ。児童書のコーナーであれこれ見ていた二人が購入したのは『はらぺこあおむし』。言わずと知れた絵本の名作だ。

この絵本は、青虫が食べた果物などの絵に本物の穴が開いている。指を青虫に見立ててその穴に入れてもいいし、そこから覗いて相手を見るのもいい。読むだけでなく、親子で一緒に遊ぶことができる。これぞ紙の絵本だからこそできる作りこみだ。

「そうだ！」

会計を済ませた客を見送ると、安子は声を上げた。

「どうしたの？」

「絵本の体験会をするってのはどうかな？　親子で遊べる絵本っていっぱいあるんだよ。幸い、場所はいっぱいあるし」

安子はイートインコーナーを見る。今はまだ開店直後のため、客は一人もいない。このスペースを有効活用しない手はない。

「体験会？」

「うん。日向君はヘックマン教授って知ってる？」

「いや、知らないなぁ」

「ノーベル賞を取った学者さんなんだけど、いい本だったから確か在庫も……」

安子はカウンターを出ると、実用書の棚を探し始める。後から着いてきた日向は、そんな安子の姿を興味深そうに眺める。

「あった、これこれ。『幼児教育の経済学』って本。帯に書いてあるまんまだけど、五歳までの教育がその後の人生を変えるってことが書かれてるんだ」

日向は安子から本を受け取ると、ペラペラとページをめくり始める。タイトルに経済学とついてるだけあって、家庭の経済状況などによる子供の学力についてのテーマが中心の本だ。それに加え、読み書き計算といった勉強だけでなく、親子のコミュニケーションといった情操教育の大切さも説いている。

似たことが分かりやすく書かれている本はあるが、ノーベル賞受賞者が書いているというところが日向に説明しやすいと思い、安子はこの本を手に取った。

「だから親子で絵本を一緒に読むってのも、お子さんにはいい教育になるの」

「へぇ……ちょっと意外だなぁ……」

「どういうこと？」

「安子さんって小説だけじゃなくて、こんな難しそうな本にも詳しいんだ」

「失礼な。これでも本屋のオーナーですから」

日向にはどう見えていたのか分からないが、安子はジャンル問わず多くの本を読んでいるのだ。頬を膨らまして怒ったぞと態度を示すと、日向はゴメンゴメンと両手を合わせる。

「冗談はさておいて、僕たちは三人とも育児の経験がないから、親御さんに対してこういうバックグラウンドに基づいたイベントですよって言えるのはいいかもね」

「ほんと？　日向君がそう言ってくれると心強いよ」

本を棚に戻すと二人は再び定位置であるカウンターへと戻る。

「そんな感じで『親子で一緒に絵本を読むことは大事ですよ』ってお客さんを集めて、絵本に親しんでもらうでしょ？　お子さんが小学生くらいになったらルビ付きの物語を読んでもらって、そのうち参考書も必要になるからそれも買ってもらって……。でも、勉強ばかりだと嫌になっちゃうから、息抜きに人気の小説を読んでもらったら、これで『本の虫』の出来上がり」

どうだと言わんばかり安子は胸を張る。

「計画的犯行だね」

「犯行じゃないもん！」

「あはは、冗談だよ。要するに本好きのサラブレッドを養成するってことね」

「うん！　読書はネットで検索するだけじゃできない体験ができるってことを、小さなうちから経験してもらうの」

そんな子が大人になれば、仕事で困ったことがあれば、まずはビジネス書や専門書を買おうという思考になるだろう。とにかく本が必要になった時は書店に——できれば幸福堂に足を運んでもらえるようになってもらいたい。

「そしていつかね、たとえば私がおばあちゃんになった時、最初の体験会に来てくれた人のお子さんが来てくれるようになったら嬉しいな」

創業時から時を刻み続ける大きな時計を見ながら、安子は小さな頃を思い起こす。晩年、祖父が「あの坊主がこんなに大きくなって」と感嘆の言葉を漏らしていたのをよく覚えている。親子三世代に渡って幸福堂の常連だった人も多かったそうだ。

安子はまだ店を継いで三年も経っていない。商売人生、これからの方が長いのだ。廃業するかしないかで悩んでいた半年前ならそんな悠長なことは言えなかったが、今なら経営にも心にもゆとりができてきた。だからこそ、そんな遠い未来に想いを馳せることもできる。

「えっと、さっき来てくれた女の子が三十歳で子供を授かったとしても、安子さん、その時はまだおばあちゃんには早くない？」

計算してみれば、まだ安子は五十代だった。

「うっ……確かに。なら、お孫さんね」

「その時はもう棺桶に片足を——」

「いやぁ！　その先は言わないで」

両手で耳をふさぐ安子。まだ生涯を共に過ごす伴侶さえいないのだ。おばあちゃんになった時のことなど、考えすぎだった。

「……って今日、日向君、突っ込みが意地悪」

「ごめんごめん。今日は安子さん、すごく悩んでたからさ」

どうやら安子の気持ちを和らげるための突っ込みだったらしい。以前はもう少し扱いがソフトだった気もするが、細かいことは考えないことにする。

「ま、気の長い話はさておいてさ、小さな頃から親子で絵本を楽しんでもらうってのは、絶対にいいことだと思うんだ」

「うん。僕もそう思うよ」

それから二人は具体的にどうやって集客して、どんなイベントにするか検討を始めた。

それが夜になれば、創も一緒になりあれこれプランを練るのだった。

「うん。今日もいい天気だ」
カラッと晴れた十二月最初の土曜日の朝。安子が自宅の結露した窓を開けると、視界に

は晴れ渡った空が広がった。少し遅れてキリっとした冷たい風が頬を刺激する。建物の隙間から少しだけ見える北側遠くの山は、頂に雪化粧をしていた。本格的な冬はもうすぐそこまで迫っている。

今日は、絵本体験会の日だ。

安子が思い付いてから約二週間。もうすぐ年末の繁忙期に入るため、準備は急ピッチで進められた。

集客は、普段幸福堂に来たことのない人へ向け、チラシで行うことにした。チラシでの販促はリニューアルオープンしてから、いや、安子が店を始めてから初めてのことだ。撒いた部数は恐るおそるの四千部。かかった費用はおよそ三万円。今回も創から反対されるかとビクビクしていた安子だったが、書店の売上を伸ばしたいという想いが伝わったのか、思いのほかすんなりと了承してくれた。

「ちゃんとチラシ、入ってるかな」

安子は郵便受けから新聞を取り出すと、その場でチラシをめくり始める。

「おぉ……」

ちゃんと幸福堂のチラシは入っていた。費用をケチってモノクロにしたが、カラフルなチラシばかりの中、逆に目立っているようにも見える。

「お客さん、来てくれるかなぁ……」

安子は不安を胸に抱きながら、開店準備に取り掛かる。

イベント時間中にイートインは営業しない。だからテーブルと椅子は隅に寄せ、空いた空間の床には小さな子が転んでも大丈夫なように、カラフルなマットを敷いた。

絵本は安子が「これが絶対オススメ！」というものを五種類揃えた。中には自分自身が小さな頃にお世話になった絵本も含まれている。もちろん、しっかりと在庫も用意し、気に入ってもらったら買ってもらえるようになっている。

合わせて、親御さんに読んでもらうための育児書も特設の棚に用意した。

「おはよっ、創さん」

「おう。今日使う焼き菓子、もうできてるぞ」

「ほんと？　試食したい！」

創が取り出したバットの上には、見慣れたクッキーから初めて見るカップケーキ、それに卵ボーロのような菓子まで並んでいた。他にもアレルギーに配慮した菓子もある。

菓子を用意した理由はもちろん、今回の来店がきっかけで書店だけでなくパティスリーの客にもなってもらおうと考えたからだ。

安子はその中から、乳児に向けて作った卵ボーロを一つ食べる。

「うーん。美味しー」

創も初めて作ったという卵ボーロは、口の中であっという間に溶けてなくなる。その味は、とても優しく、懐かしい味だった。

そんな体験会の参加料は、焼き菓子の食べ放題付きで、親子合わせてワンコインの五百円。イベント後に本やケーキなどがしっかり売れたとしても、黒字にするのは難しいだろう。しかし、今回の目的は「本の虫養成」。今日をきっかけに、生涯でいくら購入をしてくれるかが大切なのだ。だから一度のイベントだけの損益で判断してはいけない。

ドキドキしながら開店時刻を待っていると、ガラス越しに一組の親子の姿が見えた。開店時間まではまだ十分ほどあるが、外にいては寒いだろう。安子は出入り口のカギを開けると声をかける。

「おはようございます。絵本体験会のご参加ですか？」

「あ、はい。そうです」

マスク越しの口がもごもごと動いた。

「外は寒いですから、どうぞ中でお待ちください」

店内へ案内するや否や、一緒に連れられて来た男の子が通路を駆け回る。見るものすべてが珍しかったのか、ケーキのショーケースを見ては感嘆の声を上げたり、児童書コーナーに行っては、手あたり次第に本をひっくり返す。母が「こら！　走っちゃだめ」とは言うものの、聞く耳持たずだ。転んで棚に頭でもぶつけたら危ない。だから安子が声をかける。

「絵本、いっぱいあるからあっちに行こうか」

「うん！」

そう返事した男の子の口には、先ほどまで着けていたマスクが見当たらなかった。

「お名前はなんていうの？」

「ごとうゆうだい！」

「ゆうだい君か。元気がいいね」

安子は雄大の手を引きつつ、受付を済ませた母の待つ体験コーナーへ連れて行く。途中、通路に脱ぎ捨てられたマスクを拾う。きっと雄大が脱ぎ捨てたものだろう。

それから、時間が経つにつれて続々と客は集まり、イベントは始まった。

嬉しい悲鳴を上げつつ、安子と日向は絵本の見所や遊び方などをレクチャーしていく。あっという間に店のそこかしこで膝の上の息子、娘を抱きかかえつつ、一緒に絵本を楽しむ姿が見られるようになった。やはり仕掛け絵本は大人気だ。そこかしこでキャッキャといった笑い声が生まれている。

そして一時間というイベントはあっという間に終わってしまった。

ふたを開けてみれば、夫婦での参加やきょうだいを連れて参加してくれる家族もあったため、参加者は親子六組で十五名。狙い通り、絵本やケーキを買ってくれる客もおり、イベントは大盛況で幕を閉じることになった。

閉店後。安子はバックヤードの椅子にどかっと体を預ける。その顔には疲労の色がにじんでいる。前日の準備から当日の立ち回り、そして賑わいを見せた午後の通常業務まで、気が張り詰めっぱなしだった。

「絵本体験会、うまくいってよかったよ」

「うん。でも……小さな子を相手にするのって、想像以上に疲れるんだね」

日向の顔からも今日は疲労の色がうかがえる。今日の日向は、絵本を読んだり親子と一緒に遊んでみたりと、保育士のように大活躍していた。殊勲賞ものだ。

「で、収支はどうだったんだ？」

チラシの裏面にケーキの宣伝も載せることで、経費は書店とパティスリーの折半となっている。創にも半額を負担してもらっているため、成果が気になったのだろう。

「チラシを入れたし備品も買ったから、今日だけで見ればもちろん赤字だけど……もともとこれは長い目で見るってイベントだからね」

将来の本の虫を育てるためだから、これでいいのだ。それに、チラシ効果だろう。午後から夕方まで、イートインもずっと満席に近い状態だった。だから売上額としては過去最高を記録。そんな報告を創へすると、安子は上目遣いで創を見る。

「私、いっぱい頑張ったでしょ？」

「あ、ああ。頑張ったとは思うが……」

なにを突然言い出すのかと訝しがる創。

「だから……」

「だから、なんだ？」

「このケーキは私のね！」

そう言うや否や、テーブルにあった唯一のケーキを自分の手元に寄せる。

「ちょっ、お前っ！　それは三等分するってのが筋だろう」

「ええ～？」

残念そうに安子が視線を落とした先にあるのはリンゴのケーキ、タルトタタンを創が独自にアレンジしたものだ。

「あはは。安子さん、僕の分は食べてもいいよ」

「さすが日向君、優しい！」

そう言って浮かべた満面の笑みを顔に張り付けたまま、安子は視線を創へ切り替える。

「創さんは、普段から味見、いっぱいしてるよね？」

「それとこれとは………はぁ、分かったよ」

安子の不気味な笑顔の圧力に、創は屈した。

「ありがと！」

安子は言うが早いか、今が旬であるリンゴをキャラメリゼしたケーキを堪能する。

「うーん、美味しーい」

加熱され、より甘みが増したリンゴが疲れた安子の体に染み渡る。安子は半分ほどを勢いよく平らげると、フォークを動かす手を止める。

「そういえばさ、一組だけ気になる親子がいたんだよね……」

「ああ、あの元気な男の子のところね。雄大君だったっけ？」

「そうそう。なにしに来たのかよく分からなかったよ」

寒い中、開店時間よりも十分前に来た。育児に熱心なのかと思えば、絵本を息子に手渡すだけで読み聞かせることはしなかった。時おり手の空いた安子や日向が相手をするものの、それ以外の時間は「じっとしてなさい」などと叱るだけ。「場所には連れてきたからあとはお店の人、よろしく」。そんな雰囲気がプンプンと漂っていた。

ことあるごとに、ウェットティッシュで雄大の手を拭いていたのも印象的だった。

そして、せっかくの食べ放題のお菓子も、口にするのは母のみ。「アレルギーをお持ちなんですか？」と聞いてみれば「うちは甘いものは与えない方針ですので」とにべもない返事が。そんな母の姿を雄大は指をくわえて見ていたのだ。それなら母も我慢しなければ。

安子はそう思った。

育児に対しての考え方は親の数だけある。なにより安子には育児経験がない。それでも、彼女だけは異質に感じざるを得なかった。

　そんな雄大がやって来たのは、それから三日後だった。小さな子には重たいだろう入り口のドアを両手で開け、一人で店へ入ってきた。

「あれ、雄大君？　お母さんは？」

「お使いなんだ！」

　安子の質問にそう元気よく答えた雄大は、児童書のコーナーから迷わず戦隊ヒーローものの本を持ってきた。

「これください！」

「おりこうさんだね。一人でお買い物、できるんだ」

「うん！」

　首から下げたポーチから取り出した図書カードで会計を済ませると、雄大は足取り軽く帰って行った。

　しかし、そのわずか一分後のこと。涙を浮かべた雄大を連れた母親――アリサが来店した。

「すいません……息子が勝手に違うのを買ってしまって。これ、返品してもいいですか？」

「あ、はい。もちろんですが……」

当然のことながら本は新品同然だった。小さな子が買い物を間違えてしまったのは仕方ないことだ。一度引き落とした図書カードを元に戻すことはできないため、レジから現金を用意していると、アリサは別の本を取ってきた。

「本当はこれを買ってきなさいって言ったんですけどね……」

カウンターに置かれたのは、小学二年生の漢字ドリルだった。先週、未就学児向けのイベントに来たのだから、雄大にはまだ早い。

「お兄ちゃんかお姉ちゃんがいらっしゃるんですか？」

「いえ、うちは一人っ子ですが」

「このドリルは二年生向けですがよろしいですか？」

「ああ、そういうことですか。もう一年生のはマスターしてますから」

確かに先取りして勉強する家庭はよくある。安子は受け取った図書カードから差額分だけを引き落とし、アリサへ返却する。

「雄大、帰るよ！」

いつの間にか姿を消していたと思ったら、雄大は安子の背中側。ケーキのショーケース前にいた。

「ママ、ケーキが食べたい！」

「甘いものは虫歯になるからダメって言ってるでしょ」

「やだ！　たーべーたーい！」

「ダメなものはダメなの！」

アリサは駄々をこねる雄大の腕を掴むと、そのまま引っ張って店を出て行った。


数日後の午後。またしても雄大が一人で幸福堂を訪れた。今日は幼稚園の青いスモックを着ている。帰り道に寄ってくれたのだろうか。ただ、送迎をしているだろうアリサの姿は、見えない。

「雄大君、今日も一人？」

「うん！」

そう言ってタタッと駆けていったのは、児童書のコーナーだった。またお使いなのだろうか。安子はカウンターを出ると、雄大の側へと行く。そこで雄大が広げていたのは、先日と同じ戦隊ヒーローものの本だった。

「カッコいいよね」

「うん！　カッコいい。ほら、こうやって、こうするの」

雄大は、ヒーローへ変身する時のポーズを披露する。

「うわぁ、上手だね！　それで、今日もお使いに来たのかな？」

「違うよ！」

確かに前回とは違い、首からポーチがぶら下げられていなかった。いったい、なんの用で来たのだろうか。そういえば今日はマスクも着けていない。神経質そうなアリサなら絶対に着けさせているはずだ。ということは、幼稚園から一人で来たのだろうか。そんなことを考えていると、見ていた本を広げたまま、今度はケーキのショーケースへと走って行った。

「ケーキ、大好き！　真っ白で、甘くて、ふわふわして、おいしいんだよ」

「そうだね、ケーキ、おいしいよね」

安子は生返事を返しながら、アリサはどこにいるのだろうかと考える。前回はすぐに返品に来たから、店のすぐ近くに待機していたはずだ。しかし今日はその気配すらない。

それから数分が経過した。

ショーケースを見ながらこれはチーズのケーキ。これはチョコレートのケーキなどと説明をしている時、店のドアが勢いよく開いた。

「雄大！　もう、こんなところにいたの！　早くスイミングに行くよ」

怒気を隠さないアリサがツカツカと雄大へと向かう。

「やだ！　やだやだやだ！」

絶対に行くまいと、床に仰向けになりバタバタと抵抗する雄大。こうなってしまうと女性の力で動かすのは大変だ。他の来店客の視線も集中する中、アリサは側にしゃがみ声をかけるが、雄大はまったく聞こうとしない。

結局、落ち着きを取り戻した雄大を連れ帰ったのは、それから十分以上経過した後だった。スイミングには間に合ったのだろうか。

さらに翌日。

とうとう雄大が問題行動を起こした。

「日向君、また来たよ」

外に小さな人影が見えた。安子が日向の裾をクイと引っ張ると、日向も出入り口へと視線を向ける。

「こんな時間に……」

時刻は、閉店も差し迫った午後七時前。季節は冬。当然、空はもう真っ黒だ。商店街はキラキラとした冬の電飾や照明で彩られて明るいが、こんな小さな子が一人で出歩いていい時間ではない。昨日と違い幼稚園の制服姿ではないので、自宅から来たのだろうか。

「こんな時間にどうしたの？」

安子は雄大の正面にしゃがみ目線を合わせると、そう質問した。

「マンガみにきた」

「お母さんは？」

「いないよ」

安子の心配をよそに、雄大はコミックのコーナーへ駆けて行くと、棚の前をウロウロとし始める。なにが目当てなのだろうか。安子は雄大に気づかれないよう、背後から様子を窺う。

目的のコミックはすぐに見つかったようで、雄大は平積みの本を机がわりにページをペラペラとめくり始める。ちなみに幸福堂では、立ち読み防止のビニールでのシュリンクはしていない。立ち読みも文化だ、という祖父の言葉を父が守っていたため、安子もそれに倣っている。

しばらく観察をしていると、ページをめくっていた雄大の手がピタリと止まった。気になるシーンでもあったのだろうか。しかし、その先を読み進める気配はない。それどころか、チラチラとカウンターへ視線をやっている。

様子がおかしい。

安子が声をかけるため近づこうとした瞬間――

「えっ⁉」

安子は声にならない声を漏らした。こともあろうに、雄大はコミックのページを破り取ってしまった。そしてそれをポケットへねじ込む。

「こらっ、なにしてるの！」

安子の声で雄大は一瞬ビクッとするも、すぐに出口へ向けて猛ダッシュを始めた。小さな子とはいえ、距離を置いて様子を窺っていた安子は追いつきそうにない。

「日向君、捕まえて！」

「どうしたの？」

「いいから！」

安子の要請により出口で構えていた日向に、雄大は捕獲された。日向の腕の中でジタバタともがくものの、アリサとは違い日向は大人の男性だ。線は細いが力はそれなりにある。抵抗が無意味だと悟ったのか、雄大はすぐに大人しくなった。

「安子さん、どうしたの？」

「これ」

安子は日向へページの一部分を失ったコミックを見せる。もちろん、もう売り物にはならない。状況を把握した日向は黙って頷く。

安子は日向の腕の中にいる雄大へ向き合うと口を開く。

「ポケットに入ってるもの、見せてもらっていいかな？」

「なにもとってないもん！」

盗ったと言っているようなものだが、ここは無理やりではなく自主的に出してもらうよう促す。

「そうだといいんだけど、念のために、ね」

安子は瞬きせず、じっと雄大の目を見続ける。その視線に耐えられなかったのか、雄大はポケットからしわくちゃになったコミックの一ページだったものを取り出した。

「こういうこと、やっちゃダメって知ってるよね？」

雄大は無言で頷く。

「どうして、やっちゃったのかな？」

「………」

雄大は俯くだけで、なかなか事情を口にしてくれない。イートインの椅子に座らせ、じっくり時間をかけても状況は変わらない。ただただ静かに時間が過ぎ去っていくばかりだ。

時刻は閉店時刻の七時を過ぎてしまった。

「どうしよう」

安子は隣に座る雄大を見ながら、ため息交じりにそう言葉を漏らす。

「うーん、困ったなぁ。連絡先も分からないんだよね」

「うん。こないだの受付では名前と年齢しか書いてもらってないから……」

アリサを呼ぶこともできない。それならばと自宅の場所を聞いてみれば、親子喧嘩でもしたのか「帰りたくない」と言うばかりで教えてもらえなかった。

これは警察に頼るしかない。安子がそう思い始めた時だった。

「こんなところにいたの、雄大！」

バン！　と勢いよくドアが開き、アリサが姿を現した。憔悴した様子のアリサは、早足で雄大のもとへと歩を進める。息子がこの時間にいなくなったのだ。さぞかし心配をしたのだろう。このまま愛する息子をぎゅっと抱きしめるに違いない。そうしやすくなるよう、安子は席を立つと少しだけ雄大と距離を置く。

しかし安子の予想に反しアリサは雄大の前まで来ると、仁王立ちになる。

「もう、どうして逃げ出したの？　ママ、恥ずかしかったんだからね」

「…………」

どうも様子がおかしい。これは心配した母がかける言葉ではないし、雄大も俯いたままだ。

「あの……アリサさん。ちょっとこちらへいいですか？」

これは長くなりそうだ。そう感じた安子は、アリサを雄大の隣の椅子へと促す。雄大の手を引き帰ろうとしていたアリサは、戸惑いつつも椅子に腰かける。

「お話の様子からすると、雄大君は習い事を途中で抜け出してここに来たということですか？」

「そうですけど……？」

「どうしてここに来てしまったんでしょう」

「そんなの本人にしか分かりませんよ」

どうなの？　とアリサは雄大の肩をゆするが、雄大はなにも答えない。

「実はですね。これ、雄大君がページを破って持ち帰ろうとしたんです」

安子はテーブル上にあるコミックを手に取ると、破られたページを開く。

「うちの子がそんなことする訳ないじゃないですか。言いがかりはよしてくださいよ」

親ならばそうあってほしいと望むのは致し方ない。しかしこれは事実だ。だから安子はつい先ほど起きた委細を、アリサに説明する。

「証拠はあるんですか？」

アリサは腕を組み、納得いかないという雰囲気を隠さない。

「ありますよ」

こんな店にも防犯カメラはある。改装時に設置したのだ。日向が持って来てくれたパソコンで証拠映像を再生すると、アリサはようやく現実を受け入れる。

「雄大……あなた、なにしたか分かってるの？」

「…………」

その場から逃げ出そうとした雄大の手を掴み、顔を覗き込む。

しかし、雄大は相変わらず黙ったままだ。アリサはそんな雄大の体を強くゆすると「なんでそんなことしたの？」、「黙ってたら分からないでしょ‼」などと問い詰める。正直、見ていて痛ましい光景だった。

しかし雄大がなんの反応も示さなかったため、今度は安子へ視線を移す。

「これ……買い取ります。だから、警察にだけは……」

幼稚園児のしたことだ。はなからそんなつもりはない。

「もちろん通報なんてしませんよ」

それよりも、雄大がこんな行動をしてしまった原因の方が気になる。

「アリサさん、ちょっと質問いいですか？」

「なんでしょう」

「もしかして、育児、相当悩んでませんか？」

悪いことをしたのは雄大だが、その原因は母親であるアリサにある。安子はそんな気がしてならなかった。だからこその質問だ。

「もしよろしければお話、伺いましょうか？」

ここで日向は気を利かせ、「あっちで遊ぼうか？」と雄大を連れ出す。雄大はこれ幸いと、この場から離脱。アリサはそんな我が子の背中を目で追う。

「実は……あの子が全然言うことを聞いてくれなくて……」

絵本体験会の時に、多くの親から相談を受けていた安子の姿を見ていたからだろうか。それとも誰かに悩みを零すという機会がなかったからなのか。アリサはためらうこともなく、そう切り出した。

「たとえば、どんな時にですか？」

「習い事をすごく嫌がるんです。落ち着きがなくて、今日みたいに逃げ出すこともしょっちゅうで。あの子の将来を考えて毎日通わせてるのに……」

「毎日、ですか？」

「ええ。ほぼ毎日です。月曜日はなにもありませんが」

なんと雄大は、この年にして週六の習い事をこなしていた。

「逃げ出すたびに私も怒るんですけど、売り言葉に買い言葉になってしまうんです。怒った後は気落ちするんですよ。また怒ってしまったと……。でも、言わないとやってくれないし。どうしたら言うことを聞いてくれるようになるんでしょう」

「そうですね……」

親の期待のあまり、雄大がいろいろ詰め込まれすぎていることは明らかだった。その反発心から脱走したり、本のページを破いてしまったのかもしれない。

小さな子がこのような行動を起こす場合、親の興味を引きたいと無意識に訴えている可能性もある。しかし、こういった問題を解決するのはカウンセラーの仕事だ。書店員の安子だからこそ、この親子にしてあげられる話はないか。安子は考える。

「そうだ。アリサさん。『北風と太陽』ってお話、ご存じですよね？」

「もちろんです」

「旅人の上着を脱がすという目的を達成するために、北風は無理やり風で吹き飛ばそうとして、抵抗されました。片や太陽は、ポカポカと暖かく照らすことで、自発的に上着を脱がせましたよね」

アリサは、なにをいまさら当たり前のことを、という顔をしている。安子の言いたかったことは、まだ伝わっていないようだ。

「賢い子になってもらうという目的を達成するための手段は、風を吹くということだけではありませんよ」

ここまで説明すると、アリサは自分のしていたことに気づいたようで、ハッとした表情をすると、口元に左手を当てる。

「私が……北風………」

「言うことを聞いてくれないって悩んでるなら、自然とやって欲しいことに取り組める環境を作らなきゃいけないんだと思います」

「でもどうやったら……」

「身近に相談できる方は？」

「実家は飛行機が必要な距離で、主人は毎日残業で土日もいないことが多いので……」

身近に相談できる相手がいないようだ。核家族化が進んだ昨今、珍しい話ではない。

「でしたら、第三者の先輩方に頼ってみましょう」

ちょっと待っててくださいね、と言葉を残すと、安子は数冊の育児関連書を売場から持って来た。

「こういった本をお読みになったことは？」

アリサは首を横に振る。

「乳児の頃は育児雑誌なら見てましたけど、最近は教材ばかりでこういったのは……」

「そうでしたか。たとえばこの本」

安子は『幼児教育の経済学』を手に取る。

「大切なことをかいつまんで言うとですね、ＩＱのような認知能力だけではなく、やる気、忍耐力、協調性といった非認知能力も同じくらい重要、ということが書かれています」

「それって……」

「読み書き計算はもちろん大切です。でも、それと同じくらい我慢できることや周りと一緒に物事ができることも大切なんです。それもそうですよね。計算ができても落ち着きがなくて机に向かうことができなかったら、テストは零点ですもんね」

「はい……」

　アリサの視線は宙を泳ぐ。まさに今日、習い事を途中で抜け出してしまった我が子と重ね合わせているのだろうか。

「その非認知能力を伸ばすためには、親子の触れ合いが大切なんですって。一緒に公園で遊ぶことでもいいし、絵本の読み聞かせをするのも、いい方法の一つです」

「でも、絵本ならこの前ここで見せたじゃないですか」

　アリサは読み聞かせていない。あれはただ、紙の塊を与えていただけだ。

「見せるだけじゃダメなんです。絵本を媒体として親子で一緒に楽しい体験をしないと」

　アリサは絵本体験会に連れてきただけで、親の義務は果たしたと満足していたに違いない。しかし、それは違う。

「でも……」

「どうしていいか分からないですよね。そんな時はこの本を読んでみましょう」

　安子は日本人の女性著者が書いた、もっと優しい本を差し出す。

「こういった本の著者もまた、アリサさんみたいに悩み、苦労して試行錯誤しながら育児をしたり、教育者として工夫し続けてきた人たちばかりなんですよ。この一冊一冊は、その先人たちの知恵の結晶です。それを読むだけで追体験できるんですから、絶対に読むべきだと思いませんか？」

　ただし人によって考え方が違うから、正反対のことを言う人もいる。そこは自分に合う合わないといった尺度で取捨選択が必要だ。それに、類似本が多すぎてどれを読んでいいか分からないこともある。そんな時は私に聞いてもらえばいい。安子はそう説明する。

「ほら、見てください」

安子は店舗の奥へ視線を向ける。そこには日向と一緒に遊ぶ雄大の姿があった。

「さっきまで悲しそうにしてた雄大君。あんなに楽しそうにしてますよ」

二人は丸めた紙を武器に見立てて戦隊ヒーローごっこをしている。もちろん、日向は怪物役のようだ。二人にしか見えないビームを食らうと、盛大にのけぞった。その表情は、二人とも生き生きとしている。

「雄大があんなに……」

元気に遊ぶ雄大の姿を見て、アリサがなにを感じたのかは分からない。しかし、どれだけ経ってもその姿から視線を外さない。

「勉強は大切です。でも、子供らしく今しかできない体験をさせてあげることも、同じくらい大切ですよ。アリサさんは頑張ってます。でも、頑張り屋さんだから、ついつい無理をしちゃうんですよね。無理にいいお母さんでいようとすると、パンクしそうになっちゃいませんか？　そんな時は力を抜いてもいいんです。怒ってばかりな自分が嫌だったら、その原因となることを減らして、楽しく一緒に遊べばいいんですよ。それもまた教育なんですから」

「遊ぶことも……教育……」

体を動かせば体力がつく。体をどこかにぶつければ痛いということが学べる。砂場で友達と協力して城を作れば社会性を学べる。遊ぶものが無ければそこから遊びを生み出し、無限の想像力を身につける。子供はそうやって学び、大きくなっていくものだ。

「もちろん『怒る』のと『叱る』のは別物ですよ。だから悪いことをしたらしっかりと叱ってください。でも、頑張ったら精いっぱい褒めてあげてください。お母さんが嬉しければ雄大君も嬉しいし、お母さんが悲しければ雄大君も悲しいんです。雄大君に悲しい思い、させたくないですよね？　なら、お母さんが楽しまなきゃ」

ずっと雄大が遊ぶ姿を見ていたアリサは、安子へ向き直る。

「育児は試練だと思ってました。私が小さな頃、辛い思いをして育ったから、この子には絶対に辛い思いをさせたくない。幸せになってもらいたい。だから必死に……」

週六で習い事をさせた。それ以外の時間にも、小学校の勉強を先取りしてやらせた。そう、心を鬼にして教育をしてきた。

──すべては雄大の幸せのために。

「でも、そんな辛い思いを雄大にもさせてしまっていたってことね……」

そう言うと、アリサはボロボロと涙を零(こぼ)し始めた。そんなアリサの肩に安子はそっと手を添える。

「アリサさん。大丈夫ですよ。雄大君が大きくなったら、きっと小さな頃の思い出は素敵なものになりますよ。だって、アリサさんみたいに子育てに真剣な方がお母さんなんですから」

「でも……雄大には、私に怒鳴られた思い出しかないかもしれないのに……」

「難しく考えることはないです。もしも、アリサさんが雄大君に辛い思いをさせてきたと思ってるなら、楽しい思い出に塗り替えればいいだけのことですよ。これから、雄大君といっぱい、楽しい思い出を作ってください」

過去を変えることはできないが、未来は変えられる。しかし、それだけでない。辛い過去の想い出は、楽しい思い出で上塗りすることもできるのだ。

二人とも、これからの人生の方が長い。今から少しずつでも楽しさの貯金を始めれば、気づいた頃には、心の中はカラフルで温かな思い出に満たされていることだろう。

「確かに、そうね。これから楽しくやれば、いいだけ……」

「そうですよ。ほら。雄大君のところへ行ってあげてください」

安子は優しくアリサの背中を押す。

「…………はい」

アリサは涙をハンカチでぬぐうと、雄大のもとへ行く。そして膝をつき、雄大と目を合わせる。上気した頬。らんらんと輝く瞳。すべてがアリサにとってかけがえのない宝物だ。

そんな宝物に傷をつけたい親なんて、どこにもいない。

「ごめんね、雄大」

アリサは状況が掴めずきょとんとしている雄大を、抱きしめる。突然のことに戸惑い少しだけ抵抗した雄大も、すぐにその抱擁を受け入れ、顔を母の肩に預ける。

アリサは雄大を抱く手にさらに力をこめる。

今までのどの抱擁よりも、強く。

そして優しく。

◇

十二月も三分の一が経過した。もう、師走真っただ中だ。

商店街の中でも米屋や酒屋、それにスーパーマーケットといった店は、きっと年末年始の予約や商品の手配などでバタバタとしているのだろう。幸福堂は去年までそんなバタバタとは無縁だった。しかし今年はクリスマスケーキというイベントが控えている。とはいえ、予約はもう締め切ってしまったため、やはり今年も師走感は薄かった。

それでも、なんとなく浮ついた気分になるのは、すぐ近くの駅に行けば大きな電飾のツリーが飾られているし、目の前の通りも夜になれば煌びやかな光が散らばっているからだろうか。

　そんな年の瀬も差し迫ってきたある日のこと。

「誕生日ケーキの予約をお願いします」

　そう言って幸福堂にやって来たのは、アリサと雄大の親子だった。

「誕生日ケーキ、ですか？」

　安子は思わずそう聞き返してしまった。

「今月の二十日がこの子の誕生日なんです」

「確か甘いものは……」

　禁止してるはずだった。ケーキが欲しいという雄大の言葉を退けるだけでなく、絵本体験会では焼き菓子すら食べさせていなかったのだから。

「解禁しました。だって、そのために歯磨きがあるんですから」

　そう言って笑顔を作るアリサ。あれからまだ一週間と経っていないのに、すごい変化だ。これはアリサなりに雄大との向き合い方を変えた証拠だ。安子はつい頬が緩む。

「よかったね。雄大君」

「うん！」

「そしたら、どんなケーキがいいのかな？」

　安子は定番メニューのカタログを差し出す。しかし、雄大はそれを見ることなく、声を上げる。

「まっしろで、フワフワのケーキ！」

それはまさか――

「イチゴのショートケーキをお願いします」

アリサがそう補足したことで、安子は固まる。

――イチゴショート。それは創が頑なに作ることを拒んでいるケーキだ。

どうしよう。相談しようにも、日向はちょうど買い出しに出ておりここにはいない。創に聞いたらダメと言われるに決まっている。安子は悩む。大いに悩む。この注文を受けてしまってもいいのか。できれば受けたい。いや、できる当てのない注文を受けてはダメだ。

相反する二つの考えが安子の中で激しくぶつかり合う。

しかし、キラキラした雄大の目を見てしまったら、安子は断ることができなかった。

「どうしよう……これ……」

我に返った時には、既に予約票は書かれ、二人は帰った後だった。

それから約一時間後。安子は買い出しから帰って来た日向を、すかさず捕まえる。

「日向君、どうしよう！」

「ど、どうしたの？　そんな顔して」

「イチゴショートの予約、受け付けちゃった」

「えっ⁉　創さんはＯＫしてくれたの？」

「………まだ」

怖くて聞けていない。作らないと言われるに決まっているのだから。

「困ったなぁ……」

「あの子からの注文だったから、どうしても断れなくて……」

安子は日向へ予約票を見せる。日向は予約票の上から順に目を通す。商品はイチゴショート、価格は時価。引き渡しは二十日の午後四時頃。そして最後に記載されていた名前を見て、日向は状況を察する。

「あの親子がこうやって予約してくれたことは大きな進歩かもしれないけど、納品できない注文を受けるのはまずいなぁ。しかも、二十日って店の定休日だよ」

「うっ……」

イチゴショートのことに気を取られていて、そんな大切なことも失念していた。

「でもやっぱり断れないよ。あの顔を見ちゃったら……」

せっかく親子の関係がいい雰囲気になっているのだ。そこに水を差すようなことはしたくない。

「なら、一緒に創さんに頼んでみよ」

「うん……」

キッチンへ行くと、相変わらず創は作業に没頭していた。

「創さん、あのね……」

「どうした？」

「ケーキの予約を受けたんだけど」

安子は予約票を見せる。イチゴショートという文字が書かれた予約票を。創は作業する手を止めると、予約票へ目を通す。

「断る」

創は安子に背中を向けると、すぐに作業を再開する。想定していた態度ではあるが、万が一の可能性も期待していた。だから実際にされると辛いものがある。

「ちょっと事情があるんだ。安子さんが受けちゃった経緯だけでも聞いてもらえないかな？」

「兄さんは知ってるよね。俺が作れない理由」

「うん。もちろんそれは知っての上でお願いに来たんだ」

「そういうことだから」

これ以上の言葉は無用とばかり、冷たい声でシャットアウトされてしまった。しかしここで引き下がる訳にはいかない。だから安子は創の背中に向かい、予約を受けてしまった経緯を説明する。

「あのね、雄大君ってこの前話題になった男の子、いるでしょ？　ずっと甘い物、お母さんから禁止されてたんだ。それだけじゃなくて、まだ年長さんなのに毎日習い事ばかりで親子関係がピリピリしてて。それがこの前うちに来てくれたことで和解できたんだよ。そんな親子が、初めてのケーキにって予約してくれたの。断れる訳ないじゃん！」

「…………」

しかし創の反応はなかった。

「ねえ、一回だけでいいから……。一回だけでいいから作って。お願い！」

「…………」

それでも創のリアクションはなかった。ただ、淡々と機械のように作業を続けるだけだ。

「……もういい。それなら他の店で買ったのを売るから」

「ダメだ」

「じゃあ、私が作る」

「それは絶対に許さん」

「なら……どうすればいいの？」

「予約をキャンセルしろ。それか別なのに変更するんだったら作ってやる」

しかし、創は創だった。

「もういい！」

安子は髪を振り乱し、キッチンから逃げ出すように出て行くのだった。

それから数日後。予約引き渡しまで一週間と迫った水曜日のこと。

今日は店の定休日。安子は電車で二十分ほどの場所にあるターミナル駅にあるレストランで、友人たちと忘年会を開いていた。仕事柄、滅多に会えない友人とのバカ騒ぎは楽しかった。ただ、明日の営業があるため、二次会は断腸の思いで断った。そんな帰り道。

電車を降りると、今日もすました顔で駅のロータリーにたたずむ植物三兄弟のモニュメントに迎えられる。キリっと冷える夜風にアルコールで火照った顔を冷やしながら、安子は自宅へと歩く。信号を渡り駅前商店街のアーチをくぐると、白で統一された電飾が安子を包むように照らす。そこから自宅兼店舗までは数十メートルだ。

カギを開け裏口からバックヤードに入ると、今日は定休日である水曜日にもかかわらず、キッチンから光が漏れていた。

「あれ？　創さん、休みの日なのにこんな時間まで……」

しかし、安子は声をかけるのをためらう。イチゴショートを予約してしまった日以来、創との関係はギスギスしてしまっているからだ。交わす言葉は、業務上最低限の言葉だけという日が続いている。

そんな状態がダメだということは百も承知だ。イチゴショートの問題はさておいたとしても、晴れの日を彩るケーキ屋の店員が曇っていてはいけない。店員のモヤモヤはきっと客にも伝わってしまう。

だから創と仲直りをしなければならない。今日まではできなかったが、今ならアルコールの力を借りれば、行けそうな気がする。安子は、意を決しキッチンへと足を踏み入れる。

「創さん、こんな時間まで頑張ってたんだ」

「ん？　ああ……もうこんな時間か。ちょっとブランデー使った焼き菓子で思いついたことがあったからな」

思いのほか普通に言葉を返してくれたことで、安子は胸をなでおろす。それにしても、アイディアを思いついたら居ても立っても居られないとは、本当に職人気質だ。

創の傍らには、そのアイディアを実践したのであろう、カステラのように四角くて長細いケーキが置かれていた。その断面からはレーズンが見て取れる。

「これ、食べてみてもいい？」

「おう。いいぞ」

創は食べやすいようケーキを二センチ程の厚さに切り分けてくれた。手に取ってみると、見た目よりもどっしりとしていた。表面にはきれいな焼き色が付いており、中は黄味がかった生地がしっかりと詰まっている。実に美味しそうだ。

「いただきます」

一口食べてみれば、しっとりとした生地から香るブランデーの豊かな甘い香りで口腔が満たされた。それから生地に隠れていた細かく砕かれたナッツ類――恐らくクルミの風味が広がる。これはオトナの味だ。フルボディのワインと合わせたくなる。

「おいし……」

定休日の夜というゆっくりと流れる時間の中で、安子はしばし大人の時間を堪能する。

相変わらず創の作る菓子の味は一級品ばかりだ。

そうなると、ますます食べてみたくなる。

――創の作ったオーソドックスなイチゴショートを。

「ねえ」

「なんだ？」

「創さんが作るイチゴショート、食べてみたいな」

「またその話か……」

「どうして……作ってくれないの？」

この前、創はイチゴショートを「作らない」のではなく「作れない」と言っていた。なぜ作れないのか。技術的な問題でないことは確かだ。根本的な理由が分からなければ、安子にとって大きなこの問題を解決することはできない。

「お前にも他人に話したくないことの一つや二つ、あるだろ」

「それは……」

確かにある。だから安子は攻めの角度を変える。

「それなら理由はいいから、幸福堂を好きでいてくれるお客さんのために、作ってくれない？」

「断る。俺は言われたらなんでも作る便利屋じゃない」

相変わらずの頑固具合に安子もまた、難しい表情になる。安子は、客の要望に可能な限り応えるのは、プロとしての義務だと思っている。便利屋とは違う。それを教えてくれたのは、他でもない創なのだ。

「えっとさ、創さんは誰に向けてケーキを作ってるの？」

「俺は俺の作りたいケーキを作っている。ただそれだけだ」

「またそれだ。知ってる？　ケーキの先にはお客さんがいるんだよ」

家族の団らん、パーティー、それに結婚などの節目。ケーキの周りには、いつでも笑顔の人たちがいる。

「そんなことは分かってる」

「いや、全然分かってないよ！」

「分かってる‼」

キッチンを震わすほどの声が響く。それでも安子は引かない。

「お客さんが望むものを作るのも職人の義務じゃないの？　断るのは創さんがお客さんのことを考えてないからじゃん！」

「違う」

「違わない！」

「違うって言ってるだろ！」

創は安子の左腕を掴むと、ぐい、と安子を引き寄せる。そして、反対の手で安子の右肩をがっちりと掴む。

「俺の目を見ろ。客のことを無視してるように見えるか？」

安子は創を見上げる。そして吸い込まれそうな、黒い瞳を見る。近い。近すぎる。瞳の奥に広がる宇宙までよく見えるくらいだ。少し遅れて、バターやシロップが混ざったような甘い香りが漂ってきた。想定外な創の行動に、安子の心臓はドクン！　と跳ね上がる。

そのまま見つめ合う二人。

蛇口からポタ、ポタと零れ落ちる水の音だけが、静かなキッチンに響く。

十秒。二十秒。

ひんやりとしたキッチンの中で感じる創の体温。その鼓動まで伝わって来るようだ。次第に安子の体は熱を帯びてきた。それでも視線は創から離さない。

三十秒、四十秒。

創の瞳は揺るぎないものだった。この目が嘘をついているとは、とてもではないが思えなかった。そうか。創は職人としての腕は器用だが、それ以外のすべてが不器用なだけだ。それなら辻褄が合う。

そして、一分は経過しただろうか。相変わらず創の大きな手が、安子の細い腕と肩にがっしりと食い込んでいた。

「………腕、痛いよ」

創はハッとした表情をすると、慌てて安子を解放する。

「悪い……」

創から離れ、冷たい空気が頬を撫でることで、火照った頬が少しだけ冷やされる。

「私も……ちょっと言いすぎちゃった。私が美味しいって食べてる時、創さん、嬉しそうな顔してくれてたもんね。そんな創さんが、お客さんのこと考えてない訳ないよね」

ついさっきまであんな近距離にいたのに、離れると今度は恥ずかしくて創の顔が見られなかった。

「そうだ。ちょっと待ってて」

安子は創に背を向けると、キッチンから漏れる光だけを頼りに真っ暗な店内を歩く。そして、カウンターから一つのファイルを手に取り戻って来る。

「ほら。創さん表に出ること少ないから、こうやって集めてみたんだよ。お客さんの声」

安子が手にしていたのは、客からの生の声を集めたファイル。普段、直接客からの声を聴くことがない創のために、安子がアンケートと称して集めたものだ。中には厳しい指摘もあったが、そのほとんどが「おいしかった！」、「また食べたい」といったケーキを褒めてくれるメッセージばかりだ。

創は安子からファイルを受け取ると、丸椅子に腰かけページをめくり始める。そんな創の手が、とあるページでピタ、と止まった。それは誕生日パーティーの主役として、笑顔を浮かべる家族の中央にケーキが鎮座している写真だった。創は、その写真を食い入るように見つめている。

安子もそんな創の横に丸椅子を置き座ると、ファイルに視線を落とす。

「私たち、こんなに多くの人から感謝されることをしてるんだよ」

客のためにケーキを作っているとはいっても、こうして自分の作ったケーキが笑顔に囲まれているのを見るのは初めてなのだろう。創は穴が空いてしまうのではというくらいの真剣な眼差しで、その写真を見続けている。

「……正直、お前がいなかったら今の俺はない。お前と出会ってなければずっと、あのちんけな店で報われない人生を呪っていただけかもしれない」

おもむろに語り出した創は、手元から視線をずらさないまま言葉を続ける。

「俺はな、継ぐことが決まってた家業から逃げ出し、パティシエになることを決めた」

「それって前言ってた、大学を中退した時？」

「そうだ。俺はそれからバイトしながら製菓学校に行き、卒業したらすぐに見習いとして、そこそこ手広く展開してるパティスリーに就職した。だがな、そこは人を機械としてしか扱わない場所だった。いや、機械以下だったのかもしれない。毎日毎日ひたすらイチゴショート用の生クリームを泡立てるばかり。それでも三年間は耐えた。親を裏切って自分で選んだ道だからな。だが、ある日ぷっつりと切れてしまった。俺が書きしたためていたアイディアノートを盗まれてな。いつの間にかそれがその店の看板メニューになってたんだ。盗んだ奴の目星はついていたんだが、末端の俺が騒いだところで状況はなにも変わらず。もうなにもやる気が出なく、廃人のようになっていた。そんな俺を兄さんが拾ってくれた」

「それであそこに店を開いたってことね」

「ああ。だが、あんなことがあったから、どうしてもイチゴショートだけは作れなかった。本場のパティスリーにイチゴショートなんてない。そう自分に言い訳をしていたが、本心はケーキに怒りを込めてしまいそう。作ったとしても途中で潰してしまいそう。そう思っていたからだ」

「ありがと……話してくれて」

創が頑なにイチゴショートを作らなかった理由が今、つまびらかになった。

「俺は……ここに来れてよかったと思ってる。お前には………感謝してる」

——お前には感謝してる。

創から思いがけない言葉が飛び出したことで、安子の心臓は早鐘を打つ。

「ちょ、ちょっと。どうしちゃったの、創さん？」

「俺はこれからもお前と兄さんと一緒にこの店を続けていきたい。客に喜ばれるケーキを生み出し続けたい」

「それなら——」

「だが、俺にも譲れない線はある。俺は自信を持って作れるケーキしか客には出せない。それが客の晴れ舞台を飾るというなら、尚更だ」

もしかして！　と期待していたにもかかわらず、暗にイチゴショートは作れないと言われた安子は、肩を落とす。

「そっか……」

やはりどう押しても創はイチゴショートを作ってくれなさそうだ。もう引き渡し日まで一週間しかない。創のお手製にこだわるばかり、ケーキそのものが準備できなくなってしまったら、雄大を悲しませてしまう。それだけは避けなければならない。

それなら、どうやって解決すればいいのか。

創は作ってくれない。他店から調達するのもダメ。残された方法は、別のケーキに変えてもらうことだけだ。しかし、それは安子が許せなかった。安子にとって、ケーキといえばイチゴショートなのだ。小さな頃、母が作ってくれた、ちょっとだけ不恰好だけれど、とびきり美味しいケーキ。最後にイチゴを乗せるのは安子も一緒にやっていたあのケーキ

その瞬間、安子は閃（ひらめ）いた。

「そうだ！」

安子は立ち上がると、ぱちんと胸の前で手を合わせる。

「いきなりどうした？」

「親子で一緒に作ってもらうイベントにしようよ！」

創が作ってくれないなら、親子に作ってもらえばいいのだ。イチゴや生クリーム、それにスポンジ生地だったら普段から創は作っている。組み合わせればイチゴショートは完成する。幸いその日は定休日。キッチンを貸してもらうことくらいはできるだろう。

「どういう意味だ？」

「創さんは、スポンジを焼いたり、作り方を指導してくれるだけでいいからさ、ケーキそ

のものは親子二人で仕上げてもらうの。それなら創さんが作るってことにはならないでしょ」

　創は丸椅子に座ったまま考え込む。安子はそんな創の様子を固唾を呑み見守る。そして十数秒後。

「――それなら、いいだろう」

「ありがと！　創さん！」

　安子は創に抱きつかんと両手を広げる――

「ちょ、やめろ」

　しかし残念ながら安子の両腕は空を切る。華麗に躱されてしまった。今度は安子が椅子に座り、それを創が見下ろしている恰好だ。

「ざーんねん。さっきの仕返しができたと思ったのに」

　さっきとは、もちろん腕を掴まれ引き寄せられた時のことだ。

「あの時は俺も……どうかしてた」

「ならさ、仲直りもできたことだし、一杯やらない？」

　時刻はまだ十時過ぎだ。一杯くらいなら明日には響かないだろう。

「ああ、たまにはいいな」

　安子はいつものテーブルに、晩酌の用意を始める。つまみは先ほどのブランデーケーキと、キッチンにあったいくつかのナッツ類だ。

「それじゃ、乾杯」

チン、とグラスが合わせられる音がバックヤードの壁に染みる。

結局、それから夜遅くまで、安子と創は語り合うのだった。


そして翌朝。

安子が身支度をして店に出ると、創と日向は既に出勤していた。

「創さん、おっはよう！」

「ああ」

「日向君もおはよ」

「おはよ、安子さん？」

安子の姿を見て日向は首を傾げる。それから創と安子へ交互に視線を送る。昨日まで殺伐としていた二人が笑顔であいさつを交わしているのだから、日向のこの反応も仕方ない。

「二人とも、仲直りできたんだ」

「うん。イチゴショート、親子で作ってもらう体験会ってスタイルならいいって言ってくれたんだ」

「へえ、いつの間に……」

「昨日の夜、ちょっとね」

安子は、はにかみながらそう答えた。とはいえ決まったのは自分たちだけで、客であるアリサと雄大の承諾をもらわなければ始まらない。

それから夕方になりアリサに電話で確認したところ、体験会にすることを快諾してくれた。これで安子の憂いはきれいに消えてなくなった。あとは、当日を待つのみだ。

十二月二十日、水曜日。いよいよケーキ作りの日がやってきた。今日は定休日だが、年末につき臨時営業という形にして店を開けている。キッチンには材料が揃い、雄大を迎え入れる準備はバッチリ整っている。創は失敗してもいいように、スポンジを三個分も用意してくれていた。

約束の時間である午後四時より十五分も早く、アリサと雄大はやって来た。

「自分で作れるって聞いたら雄大、張り切っちゃって」

雄大を見てみれば、期待の色がこれでもかというくらいに広がっている。きっと大好きな母と一緒にケーキを作るのは初めてに違いない。

「はやくケーキ！」

居ても立っても居られない様子の雄大が急かす。

「そしたらキッチンに行こうか」

安子は二人をキッチンへと案内する。キッチンに入ると、創は黙々と他の作業をしていた。見るものすべてが珍しいのだろう、雄大は創の姿を興味深そうに眺めたり、業務用の冷蔵庫や他の厨房器具などをキョロキョロと見回している。

「こちらのカッコイイお兄さんが、パティシエの創さんです」

安子が紹介することで、創は二人と向き合った。

「年末の忙しい時にすみません。今日はよろしくお願いします。ほら、雄大もご挨拶は」

「こんにちは！」

「おう、元気がいいな」

それから二人は手を洗い、ケーキ作りの準備をする。気の利いたことに、親子でお揃いのエプロンを持参していた。自分で作ったのだろう。アリサは小さなエプロンを雄大につけると、自身も手早くエプロンをつける。

「それじゃ雄大君はここに立ってみようか」

安子は踏み台に雄大を立たせる。また今までとは違った景色が広がったことで、雄大は感嘆の声を上げる。

「さて、早速始めましょう」

作業台の上には、スポンジやイチゴなどの材料が既に用意してある。だから生クリームをホイップして塗り、イチゴを乗せるだけで完成だ。

ということで、ケーキ作りが始まった。

まずはクリームづくりだ。計量済みの生クリームと砂糖を親子それぞれのボールに入れ、氷水で冷やしながら泡立てる。さすがにアリサは手際よく作業するものの、雄大の手つきはおぼつかない。頑張ってアリサの真似をするものの、泡立つ気配は全くない。

「ちょっと貸してみろ。泡立てはこうやってするんだ」

雄大の様子をもどかしそうに見ていた創が、代わりに電光石火の手さばきで生クリームを泡立てる。雄大は「すげー」と言いながら、目にも止まらぬその動きを眺める。

生クリームがホイップできたら、次はイチゴと生クリームをスポンジの間にサンドする作業だ。ここは泡立てと違い、六歳の子供でも難しくない。雄大は安子の言葉に従い、生クリーム、そしてイチゴを上手に重ねていく。しかしイチゴを置いた時、指にクリームがべっとりと付いてしまった。雄大はそのクリームを迷わず口に含む。

「あま～い！」

「こら、ゆう……」

一瞬アリサはその行為を咎（とが）めようとしたが、今日の主役は雄大だ。ぐっとこらえ、言いかけた言葉を飲み込む。

作業は順調に進む。スポンジを三段重ねにしたら、次は外側の生クリーム塗りだ。雄大は小さな手でヘラを握り、一生懸命作業をする。その目つきは小さなパティシエそのものだ。しかし、慣れない作業のため当然のようにデコボコなケーキとなってしまう。

「ここはこうするんだ……」

ここでも見かねた創が、雄大の後ろから手を添えて作業を手伝う。すると、ケーキの表面はあっという間に滑らかになった。

最後にデコレーションだ。親子二人であれこれ言いながら、思いおもいの場所にクリームやイチゴを乗せていく。しかし、やはりクリームを飾る雄大の手はおぼつかない。またしても創が雄大に手を添えて手伝おうとする。しかし、その動作を安子がそっと制止する。

「創さん、ここは二人に任せましょう」

「お、おう……」

口ではそう言ったものの、相変わらず創の手はソワソワとしている。そんな創の目の前で、ケーキは大小さまざまなクリームでデコレーションされていく。そしてこれまた自由な発想でイチゴを乗せ始める。その傍らでは、アリサがチョコレートプレートにペンを走らせていた。

「雄大、できた？」

チョコレートプレートに文字を書き終えたアリサが、雄大へ視線を送る。

「うん！」

「そしたらこれを乗せたら……出来上がり！」

アリサの言葉に合わせてパチパチパチと安子が拍手をする。遅れて雄大とアリサも安子に続く。

真っ白なクリーム。年の数だけ並んだ真っ赤なイチゴ。そして「ゆうだい　おたんじょうびおめでとう」と母の手で書かれたチョコプレート。どこにもない、どこからも買えない、唯一無二のケーキの完成だ。雄大はキラキラとした目で、自分が作った力作を眺めている。

「記念に写真を撮りましょう」

安子の提案で、二人がケーキの横に立つ。カメラはアリサと安子のスマホそれぞれ一台ずつだ。

「ほら、創さんも入って」

パティシエが入らなければ、ケーキ屋で作ったという絵にならない。安子に無理やり引っ張られる形で、創もフレームに入る。

「では撮りますねー。いち、にのさん――」

パシャ、という電子音と共にシャッターが切られた。

ケーキを中心に、笑顔の親子と少々困惑気味な創が写っている。ケーキは食べてしまえばなくなってしまうが、思い出はなくならない。

——今日という日は、きっと雄大にとって一生の思い出になることだろう。

「ママ、早く食べたい！」

「おうちでパーティするからそれまで我慢ね。今日はパパも早く帰ってきてくれるって言ってたから」

アリサはそうたしなめる。不服そうではあるが、雄大はいつの日かのように駄々をこねる訳でもなく、素直に引き下がった。この様子なら、二人はこれからも大丈夫そうだ。安心した安子は箱にケーキをしまうとローソクを添え、アリサへ渡す。

あっという間のケーキ作り体験会は、これで終了だ。

会計を済ませると、幸福堂の出入り口で安子と創、それにずっと一人で店番をしてくれていた日向も一緒に二人を見送る。

「ありがとう、お姉ちゃん、お兄ちゃん！」

「雄大君も、ありがとね。来てくれて」

「バイバイ！」

元気な声を残し、親子は帰って行った。途中、雄大が何度も振り返り、そのたびに手を振る。安子の右側にいる日向はそのたびに手を振り返している。そして左側にいる創を見ると——安子の心は一気に跳ね上がる。

　二人を見送っている創の顔には普段人に見せることのない、ぎこちないけれど優しい笑みが浮かんでいたのだ。

「こんないい顔、できるんじゃん」

　安子は誰に言うでもなくそう言った。

「ん？　なんのことだ？」

「ううん。ただの独り言」

　二人が見えなくなると、安子は今にも浮きそうなほど軽い足取りで店へと戻る。

「えっ⁉　創さん？」
　閉店後。安子がキッチンへ行くと衝撃的な光景が繰り広げられていた。なんと、閉店後にもかかわらず創が黙々とケーキを作っていたのだ。隣では日向が感慨深そうな表情でその作業を眺めている。
　研究や開発のため閉店後も作業していることはよくある。それでも今日ばかりは、その姿に固まらざるを得なかった。
「えっと……なにを作ってるの？」

「見りゃ分かるだろ」

確かに見れば分かる。創が作っているのは、イチゴショートだ。

「どうして……？」

あれだけかたくなに拒んでいたにもかかわらず、誰に頼まれるでもなく自主的に作っているのだ。一体どういう風の吹き回しなのだろう。

「今なら作れる。そう思っただけだ」

「今なら、ねぇ……」

間違いなく、昼間のイベントがきっかけであろう。あの親子の笑顔は、いったい創の心にどのような影響を及ぼしたのだろうか。

「ここに来て創さん、変わったよね。でもまさかショートケーキを作ってくれるようになるなんてね……」

日向は感慨深く、そう言った。付き合いの長い日向だからこそ、安子以上に感じるものがあるのだろう。

「安子さんと一緒にいると、毎日が退屈しなくて、ほんと面白いよ。安子さんにつられて変わってく創さんの姿を見られるのも楽しいし、引っ越しは大正解だったね」

「私だって、二人が来てくれて本当に感謝してるよ」

いや、感謝してもしきれないくらいだ。

「最初は不安の方が大きかったけど、売上は順調に増えてるし。このままいけば店はつぶさずに済みそうだし、それになによりも毎日がすっごく刺激的で楽しくなったもん」

「ああ、あの時のお前は腐ってたからな」

創は安子を見てニヤッと笑う。あの時とは、初めて創が来店した日のことだろう。半年前のあの日、安子は将来を憂いつつも確かに腐っていた。

「でも、創さんも独立する前はそうだったなんてね」

「まあ、な」

安子は創と仲直りするきっかけになった、休日の夜の出来事を思い返す。創にあんな過去があったなんて、思いもしなかった。人の数だけ物語があるということだ。

「で、創さんはいろいろ教えてくれたけど、日向君は、どうなの？」

「えっ、そこで僕に振るの？」

「だって、日向君も謎が多いもん」

どうして創から「兄さん」と呼ばれているのか。どうやって和菓子の技術を身に着けたのか。そして、改装資金をどうやって捻出したのか。創が話してくれたのだから、もしかしたら日向も教えてくれるかもしれない。安子はそう考えた。

「それはまだ内緒かな」

「まだってことは、いつかは教えてくれるの？」

「うーん。もうちょっとストーリーが進んだらね」

「ストーリー？　なにそれ……」

まるで物語の中に自分たちがいるような言葉だ。意味を日向に聞こうとしたちょうどその時、仕上げをしていた創の手が止まった。

「よし、できたから早速試食するぞ」

創の口から待ちに待った言葉が飛び出した。

三人はいつものテーブルに移動する。そしていつものように反省会の準備をする。しかし、いつもとは違う光景が目の前に広がっている。

スポンジと生クリーム、それにイチゴだけのシンプルなケーキ。だけど安子にとっては特別なケーキ。夢にまで見た創のイチゴショートがそこにあるのだ。

「うふふ。創さんの作ってくれたイチゴショートだ」

食べる前から笑みがこぼれてくる。可愛らしく小ぶりのデコレーションが施されたイチゴショート。果たして、どんな味がするのだろうか。

「いただきます」

安子はクリームがたっぷり乗った背の部分をフォークで取ると、口へと運ぶ。そして目を閉じ、じっくりと味わう。

それは、優しく、懐かしく、そして温かな思い出いっぱいの味がした。

エピローグ

　年が明けて少し経過した、とある水曜日のこと。

テーブルを挟んで男二人が会話をしている。テーブルには品の良いコーヒーカップが二客。床には厚手のじゅうたんが敷かれている。隣のテーブルでは、商談をしているらしきスーツ姿の男女の姿がある。時おりそのテーブルの間を縫うように、ピシっとした給仕服に身を包んだ店員が歩いている。どうやらホテルのラウンジのようだ。

「先生ぇ。ケーキ屋さんなんてやってないで、早く専業になってくださいよー」

スーツ姿の男が、カジュアルな服を着た茶髪の男に向けて泣き事のように言った。

「あはは。それは難しいかな。僕は今、人生で一番面白いストーリーの中に身を置いてるんだから。作家として、これはどんな取材よりも価値があると思うんだ」

「はぁ……。創作に結び付けたら否定できなくなっちゃうじゃないですか。せっかく腰を落ち着けて書いていただけるかと思ったら、なんか違う店に引っ越したなんて。もう、本当に編集泣かせなんですから……」

　話の内容からすると、出版社の編集者と作家のようだ。

「でも、忘れないでくださいね。続編望んでる人、いっぱいいるんですよ。次の四巻、初版、三十万部は約束できるんですから」

　初版で三十万部。出版不況で初版が数千部ということも少なくない昨今、その数字は飛び抜けている。

「これだけ大きなシリーズに育てていただいて、四葉社さんには足を向けられないよ」

「そう言っていただけるんでしたら、ぜひとも早く入稿を。倉綿比奈の名前、もっとビッグになるって確信してるんですから」

「あはは。言いすぎだよ、それは」

　倉綿比奈と呼ばれた男はカップを手に取ると、上品な仕草でコーヒーを飲む。

「言い過ぎなんかじゃないですよ。この間のテレビドラマ、同時間帯の視聴率ぶっちぎりで一位を記録したんですからね」

「そういえばそうだったっけ」

「はぁ……相変わらずなんですから。で、入稿は……いつ頃に？」

「分かんないや」

　開き直ったような言葉に編集者は、大げさに肩を落とす。

「ごめんごめん。その代わり、最高のストーリーを書くからさ」

「最高のストーリーですか？　最初の読者として、楽しみにしてますよ」

　今回の打ち合わせは、編集者が折れる形となって幕を閉じた。

は-32-02

パティスリー幸福堂書店はじめました
こうふくどうしょてん

2018年 1 月14日　第1刷発行
2018年12月20日　第3刷発行

【著者】
秦本幸弥
はたもとゆきや

【発行者】
島野浩二
【発行所】
株式会社双葉社
〒162-8540 東京都新宿区東五軒町3番28号
［電話］03-5261-4818(営業)　03-5261-4851(編集)
www.futabasha.co.jp
(双葉社の書籍・コミックが買えます)
【印刷所】
中央精版印刷株式会社
【製本所】
中央精版印刷株式会社

【表紙・扉絵】南伸坊
【フォーマット・デザイン】日下潤一
【フォーマットデジタル印字】恒和プロセス

ISBN978-4-575-52075-0 C0193
Printed in Japan

FUTABA BUNKO

本日、職業選択の自由が奪われました

秦本幸弥
Yukiya Hatamoto

国家が国民の就職先を一元的に管理する近未来の日本。失業率は大きく改善したものの、国民は職業選択の自由を失った。そんなある日、山田康大は緊張した面持ちで卒業式に出席していた。これから、自身の就職先が決定するためだ。調理師の仕事を希望する康太。しかし、まさかのブラック企業の営業職に決まってしまい——。就活・転職が禁止された世の中で、ブラック企業から脱出できるのか!? 働く人ならみんな共感必至の人生応援ドラマ!

発行・株式会社　双葉社